Herstellung und Verlag: BoD – Books on Demand, Norderstedt

ISBN 9783755794516

Umschlaggestaltung: Klaus Kandel
Innenillustration   Ursula Schuchardt

Die Rechtschreibung in diesem Buch entspricht den Regeln der neuen Rechtschreibung.

1. Der Traum des Admirals

Die Vergangenheit lässt sich nicht ändern!

Wütend starrte er auf die grellrote Schrift auf seinem Bildschirm,dabei unbewusst mit den Zähnen knirschend.

Er war sowas von enttäuscht. All die Mühen für die Katz. Oder doch nicht?

»Warum?«

»Der Theorie zufolge erzwingen die Handlungen von Zeitreisen unübersehbare Auswirkungen. In der Vorstellung von Multiversen können zur selben Zeit unzählige Zeitachsen nebeneinander existieren. Wenn ein Zeitreisender die Vergangenheit ändert, dann erschafft er damit ein Paralleluniversum und somit einen weiteren Zeitstrahl, der im Moment der Zeitreise entsteht. Sie haben eine Zeitmaschine gebaut, um ihre Vergangenheit zu ändern. Wenn die sich daraus ergebende Zukunft dann ihren Wünschen entspräche, würde es die Maschine niemals geben. Also, wie soll ihre Maschine Ihnen dabei helfen, sie zu ändern? Dies ist die Antwort!«

»Was passiert bei der Abspaltung des Zeitstrahles?«

»Von diesem Moment an beginnt auf ihrer Zeitebene eine neue Zukunft, einzig allein davon abhängig, wie Sie diese gestalten.«

»Nein, nein, ich meinte, was geschieht physikalisch?«

»Nicht berechenbar! Auf dem bisherigen Zeitstrahl gibt es keine Änderung! Mit ihrer Rückkehr in die Vergangenheit ändert sich jedoch die Zukunft auf ihrer neue entstandenen Zeitebene. Niemand wird es jemals bemerken, da kein Mensch die Zukunft kennt!«

*

Sieben lange Jahre ...

Aber er hatte, was er wollte! Zumindest annähernd.

Drei einfache Zeitkapseln, welche sich nach ihrer Ankunft in der Vergangenheit selbst zerstörten.

Sowie eine überaus luxuriöse und technisch hochstehende Raumeinheit mit einer großzügigen Ausrüstung.

Einer der neuesten Superrechner mit einer gigantisch großen Datenbank. Sicherheitshalber in zweifacher Ausführung. Nicht zu vergessen die medizinische Versorgungseinheit. Und noch so vieles.

Geld hatte keine Rolle gespielt!

*

Die Entführung dreier Offiziere, als Hüter frisch ausgebildet, verlief hervorragend! Schlafend saßen sie in den Zeitkapseln. Wahrscheinlich blieb ihr Verschwinden nicht lange unentdeckt. Also drückte er kurz entschlossen auf den Startknopf für Kapsel ›eins‹. Lautlos verschwand diese. Auf zwölf Bildschirmen vor ihm liefen aktuelle Nachrichten. Eine Stunde geduldig ausharrend verfolgte er das Geschehen. Doch nichts wies auf eine Veränderung der Zeit hin. Auf seiner bisherigen Zeitlinie erbrachte er hiermit den Beweis: Die Vergangenheit lässt sich nicht ändern!

*

Der Admiral

Sektor Admiral James Bolton dachte nach. Wie viel Zeit blieb ihm noch? Vermutlich noch mehrere Stunden. Trotzdem! Eine Überprüfung der beiden weiteren Zeitkapseln ergab deren einwandfreie Funktion. Wie vor gut zwei Stunden startete er die beiden anderen Einheiten. Auch dieses verschwanden spurlos! Fein, sehr fein! Auch hier ergab sich keine Veränderung der bestehenden Zeitlinie!

Was er nicht bemerkte, Kapsel ›zwei‹ und ›drei‹ hatten exakt dieselben Zielkoordinaten.

Jetzt war es an der Zeit, seine eigene Kapsel startklar zu machen und sich auf die lange Reise ohne Wiederkehr zu begeben!

*

Dumpfer Trommelschlag begleitete den Tanz des Medizinmanns. Temuchon bewegte sich im Rhythmus der Trommeln rund um das flackernde Feuer.

Ein Regentanz!

Ringsum kauerten die Krieger des Stammes im Kreis, eine eintönige Melodie singend, sich langsam hin und herwiegend. Mit Frauen und Kindern gerade mal hundert Personen.

Ihre bereits in guten Zeiten kargen Felder bekamen schon lange viel zu wenig Wasser. Seit zwei Monden fiel kein Tropfen Regen in dem Tal, welches der Wohnort der Kiropee war. Beide Talseiten bestanden aus hochragenden Felswänden aus Kalkstein. Knapp tausend Schritte weiter verengte sich das Tal, die Felswände trafen sich, unüberwindbar das Tal abschließend.

Am Fuße der Felsen hatte sich im Laufe der Zeit eine Geröllhalde angehäuft, aus der früher ein kräftiger Bach zutage trat, jetzt aber nur noch ein kleines Rinnsal bildete, gerade ausreichend um Menschen und Tiere zu tränken, jedoch weitaus zu wenig, um die Anpflanzungen zu bewässern.

Am Talende erstreckte sich nach beiden Seiten ein ehemals saftiges Grasland, inzwischen so gut wie verdorrt, dahinter ein ausgedehnter Streifen mit Büschen und vereinzelten, essbare Früchte tragenden Bäumen. Immerhin tummelte sich hier genügend Wild, das sie mit zum Leben ausreichend Fleisch versorgte.

Danach kam der ›große Wald‹!

Diesen beanspruchte der Stamm der Arachos. Sie wohnten, von den Kiropee aus gesehen, auf den ertragreichen Weidegründen hinter den Wald, ein wohlhabender Clan und bisher ein guter Nachbar. Wenn die Kiropee ab und an im Wald jagten, solange es keine größere Gruppe war, gab es keine Probleme.

Neuerdings jedoch ...

Koror, ein muskelbepackter stämmiger Mann, begehrte Sinoa, die Tochter des Häuptlings der Kiropee zur Frau. Beim Jagen im Wald begegnete er ihr. Seitdem ging sie ihm nicht mehr aus Kopf. Als einfacher Unterhäuptling sah er jedoch keine Chance, sie zu bekommen. Also gab es nur eines: Er musste der Anführer der Arachos werden!

Nicht gerade einfach.

Häuptling Muchard war im besten Mannesalter. Ihm körperlich durchaus gewachsen. In herausfordern und sich auf einen Zweikampf mit ihm einzulassen? Viel zu riskant!

Gegenüber den ihm unterstellten Kriegern fühlte er sich mächtig stark. Aber ansonsten war er eher ein Feigling!

Also würde er eine Heldentat vollbringen, zumindest musste es danach aussehen. Sein Leben würde er keinesfalls riskieren!

Aber was tun? Dumm nur, dass ihm nichts einfiel.

Also abwarten, bis sich eine günstige Gelegenheit ergab.

*

Er, Admiral James Bolton, zeigte sich voll zufrieden.

Drei einfache Zeitkapseln waren unterwegs und vor ihm, die vierte, auf Antigravfeldern schwebend. Eine riesige, mattschwarze, beeindruckende Ausführung.

Dieses konnte wie ein Shuttle fliegen, enthielt auf Jahrtausende mit Brennstoff versehene Fusionsgeneratoren und durchschlagende Waffen.

Ein beinahe undurchdringlicher Schutzschirm, die zwei mannsgroße Monitorkugeln und eine Überlebenseinheit! Jeweils das Feinste vom Feinen!

Monitorkugeln! Entstanden aus primitiven, unter Antisichtschirm fliegenden, schwerelosen Kamerakugeln.

Heute jedoch ...

Mit einer riesigen Datenbank ausgestattet, mit Zugstrahlen, Waffen, mit einer überragenden Erste-Hilfe Miniklinik, OP-Besteck, einer Apotheke, mit Antigravitationseinrichtungen mit ...mit ... mit ...

Ein höchstentwickeltes Allzweckgerät.. Kosten spielten keine Rolle! Nicht bei ihm!

Das einzige Problem bestand darin, alles unter strengster Geheimhaltung zu beschaffen. Ja nicht ergriffen werden!

Aber alles verlief wie erwartet. Ein letzter Rundblick ... Entschlossen drückte er die Starttaste. Seine Umgebung verschwand.

*

Die Schmelzladungen zündeten zehn Minuten nach seinem Start. Der Asteroid glühte auf und verwandelte sich kurzzeitig in flüssiges Gestein. Nichts wies mehr aus seine Tätigkeit hin. Die automatische Raumüberwachung registrierte zwar das Vorkommnis, zeichnete es auf, ohne es zu bewerten.

Woher sollte der Rechner auf die Idee kommen, dass ein längst erkalteter Asteroid nicht so ohne weiteres eine derart gewaltige Hitze erzeugte?

›Denken‹ konnte er nicht!

*

Ein verhältnismäßig flaches Land, ausgedehnte Grasebenen und Wälder.

Vor ihm erstreckte sich am Horizont ein kilometerbreites, bewachsenes Felsband.

Lautlos, unsichtbar, flog er darauf zu.

Keine Ahnung wo er war, wann er war. Erst einmal unwichtig, die Hauptsache war doch, dass der ›Sprung‹ gelungen war!

Bei seiner Materialisation schleusten sich beiden Monitorkugeln automatisch aus und meldeten zu seiner großen Erleichterung, dass es hier Menschen gab.

Vor sich erblickte er einen gut fünfhundert Meter breiten Spaltin der Felswand. Ein winziger Bach, karges, trockenes Land, ein paar dürftige Zelte und ins Kalkgestein geschlagene Höhlen als Wohnstätten.

Wohnstätten!?

Hier lebten Menschen. Nach wenigen hundert Metern war der Spalt zu Ende. Herabgebrochenes Gestein, in eine steile Wand übergehend.

Fast genau über Ansiedlung öffnete sich eine für seine Zwecke ausreichend breite Höhle. Darin konnte er seine Zeitfähre sicher verbergen.

Langsam einfliegend stoppte er nach fünfzig Metern. Die Landestützen fuhren auf dem unebenen Boden jeweils so aus, dass das Gefährt absolut waagerecht stand.

Ausgezeichnet!

In letzter Zeit kam er kaum zum Schlafen. Also legte er sich ersteinmal hin. Die Monitorkugeln hingegen blieben voll aktiv.

Ihr Auftrag: So viele Informationen wie möglich sammeln und als Wichtigstes, die Sprache der Einheimischen zu lernen. Morgen standen ihm eine oder mehrere Sprachen, dank hypnotischem Lernens, zur Verfügung. Noch während er überlege, schlief er ein.

*

Hervorragend! Ausgerüstet mit Messer, Pfeil und Bogen, die Kleidung eines Wanderschamanen tragend, sichtbar keinem Stamm oder Clan zugehörend, abgesetzt im Wald, lief er in aller Ruhe auf das Tal zu. Da er seinen aktivierten Einsatzgürtel trug, konnte ihm niemand gefährlich werden. Die Sonne stand hoch am Himmel, Mittagszeit.

Mit weit ausholenden Schritten kam er dem Lager der Kiropee näher und näher. Er wurde bereits erwartet, denn sie sahen ihn schon von weitem kommen. Vor ihm bildete sich ein Halbkreis aus Kriegern.

Ein Mann trat hervor. Unhörbar informierte ihn seine im Tarnmodus unsichtbar neben ihm schwebende Monitorkugel.

›Es ist Telentor, der Häuptling. Der Mann dicht hinter ihm heißt, Temuchon, seines Zeichens der Zauberpriester und Heiler des Stammes!‹

Zehn Schritte vor dem Häuptling blieb er stehen, sich dabei tief verbeugend. Danach, sich hoch aufrichtend, sein Gegenüber fest ansehend:

»Im Namen der Götter grüße ich Euch! Ich bitte für einige Tage um eure Gastfreundschaft!«

Kurz verbeugte er sich erneut.

Inzwischen trat der Zauberpriester neben Häuptling und sprach kurz, leise, auf ihn ein.

Dieser sprach vernehmlich, weithin hörbar:

»Seid an unserem Feuer willkommen! Ich bin der Häuptling der Kiropee und werde Telentor genannt. Neben mir steht Temuchon, unser Heiler und Zauberpriester. Bitte teilt Wasser und Brot mit uns!«

Anschließend reichte er seinem Gast die Hand und forderte ihn zum Mitkommen auf. Am Feuer angekommen setzte er sich und wies auf den Platz an seiner Seite.

Umgehend kam eine junge Frau herbei und reichte ihm einen Becher Wasser.

Bedächtig trank er einige Schlucke und verzehrte das Brot.

Schweigend saßen sie so einige Zeit beieinander.

Unauffällig sah er sich um. In einem deutlichen Abstand vom Feuer, welches auf einem zentralen Platz brannte, standen etwa dreißig Zelte, rechts von einem mickrigen Bach. Sie reichten bis an die Felswand.

Der Fels war teilweise ausgehöhlt und zugemauert. Felsenwohnungen? Schutzräume? Vorratskammern? Nun, daswürde er sicherlich noch erfahren.

Nach einigen Minuten brach er das Schweigen. Laut erzählte er:

»Mein Name ist James. Ich bin ein Schamane und Heiler auf der Wanderung und gehöre keinem Stamm an. Auf meinen Marsch sah und lernte ich vieles. Vielleicht habt ihr Kranke hier oder allgemeine Probleme?«

Und mit einem Blick auf das dürftige Rinnsal:

»Wieso habt ihr so wenig Wasser? Ist eure Quelle fast ausgetrocknet?«

Traurig antwortete der Häuptling:

»Sie versiegt immer mehr! Bald werden wir wegen des Wassermangels unser Tal, unsere Heimat, verlassen müssen!«

Nachdenklich nickte er. Dank seiner Monitorkugeln wusste er genau, dass durch herabbrechendes Gestein die Quelle größtenteils verschüttet wurde. Dummerweise lag direkt vor der der Quellöffnung ein besonders großer Stein. Nachfolgendes Geröll deckte die Quelle daher immer mehr zu.

Während er noch überlegte, zog der Zauberpriester eine Pfeife aus seinem Umhang. Schau an, hier wurde bereits geraucht! Gut dreißig Zentimeter lang, mit einem Kopf aus rotem Ton.

Er zündete sie an, nahm einen Zug und reichte sie dem Häuptling weiter. Dieser nahm ebenfalls einen Zug und reichte sie ihm weiter. Mist! Er war Nichtraucher! In seiner Zeit weit in der Zunft, war Rauchen verpönt. Also zog er vorsichtig an der Pfeife, darauf achtend, dass er den Rauch nicht in die Lunge bekam. Er hatte Glück, kein Husten. Nun gab er seinerseits die Pfeife weiter. Diese wurde im Kreis weitergereicht, es waren mit ihm acht Personen, bis sie wieder beim Zauberpriester ankam. Dieser rauchte sie schweigend zu Ende. Danach erhoben sich die Männer vom Feuer. Er wandte sich an den Häuptling.

»Verzeiht bitte, aber ich würde mir gerne, jetzt gleich, eure Quelle ansehen. Geht das?«

»Aber ja, ich zeige sie ihnen!«

Fein! Kurz sah er sich um und schritt zu einem der Zelte. Davor lag eine Tragschleife im Gras. Auf diese deutend: »Darf ich sie mit zur Quelle nehmen?«

Verwundert stimmte der Häuptling zu. Wozu benötigte der Schamane diese, fragte er sich.

In achtungsvollem Abstand, gefolgt von ein paar Erwachsenen und Halbwüchsigen, schritt er gemütlich zur Quelle, sich dabei mit Telentor unterhaltend. Am Fuß der Geröllhalde angekommen, bückte er sich und begann in der Mitte der Halde die Steine aufzuheben und auf die Tragschleife zu legen. Einer der Männer trat verstehend näher und schleifte die Steine gut fünfzig Meter bachabwärts.

Die Jungen wurden zurückgeschickt, weitere Tragen zu holen. Auf einer Breite zweier Tragen entfernten sie das Geröll. Alle machten begeistert mit. Frauen brachten Brote und Getränke zur Stärkung der Männer herbei. Bevor es zu dunkel wurde, hatten sie mit vereinten Kräften den Zugang bis zum blockierenden Fels freigelegt. Sie hoben davor eine kleine Grube im weichen Waldboden aus. Mit der Hebelkraft zweier Baumstämme wuchteten sie den Felsbrocken von der Quelle weg in die Vertiefung. Mit durchschlagendem Erfolg!

Das Wasser schoss nur so aus der Felsspalte gegen den Stein und versprühte nach allen Seiten. Wer nicht weit genug entfernt stand, bekam eine kalte Dusche ab. Oder, wenn er im Bachbett stand, nasse Füße! In ihrer Begeisterung störte es niemanden.

In dem vom Geröll befreiten Bachbett, floss das Wasser auf eineBreite von etwa eineinhalb Meter mit einer Höhe von ungefähr dreißig Zentimeter ab.

Danach, auf flacherem Gebiet, breitete es sich stellenweise auf mehrere Meter aus.

Zum Glück hatte er das vorausgesehen und zwei Männer rechtzeitig zu den Zelten zurückgeschickt. Sie sollten im Bereich der Ansiedlung das Bachbett kräftig vertiefen.

Dummerweise nahmen sie seine Anordnung nicht ernst. Sie stocherten ein wenig im Rinnsal herum, ohne sich viel Mühe zu geben.

Als das Wasser kam, war es viel zu spät! Drei Behausungen standen im Nassen. Schadenfroh nahm er das Ergebnis zur Kenntnis. Auch dass sie dem Wasser hinterherrennen mussten, um ihre weggeschwemmten Sachen zu retten.

Andererseits, sie hatten sich ja viel Wasser gewünscht. Oder nicht?

*

Im ersten Dämmerlicht verließ er das Dorf.

Fleischmachen war angesagt! Ohne Zeugen.

Seine beiden Monitorkugeln hatten jede ein rehähnliches, allerdings deutlich größeres Tier ausgemacht. Betäubt und mit Hilfe ihrer Zugstrahlen hinter dem nächsten Hügel, welcher in vor neugierigen Blicken schützte, setzten sie diese ab. Im Gegensatz zu den Kiropee, welche nur Obsidianmesser kannten, war seines aus einer unzerbrechlichen Stahllegierung. Damit war es ein Leichtes, die Tiere schmerzlos zu töten.

Überlegend sah er auf den jetzt respektablen Bach. Darin ließen sich sicherlich Fische ansiedeln. Mit einem Tastendruck auf sein unter dem Ärmel verstecktes Armband, rief er sein Monitorkugeln zu sich.

Nach einer kurzen Instruktion verschwanden diese. Wieder ein weiter unauffällige Schritt, ohne seine Karten aufzudecken.

Nachdem die Sonne voll aufgegangen war, stieg er auf den Hügel und winkte in Richtung der Ansiedlung. Nachdem sie ihn gesehen hatten, kamen ein paar Jungen angerannt.

Stillvergnügt zeigte auf die erlegten Rehe.

»Bitte seid so lieb und nehmt sie mit!«

Einer rannte sofort lauthals rufend zurück, währenddessen der zweite staunend seine Jagdbeute betrachtete.

Nach wenigen Minuten kamen eine Handvoll Männer eilig herbei, zwei Tragen hinter sich her schleifend. Schmunzelnd stellte er fest, dass die Tragen zu klein waren. Oder die Beute zu groß? Anscheinend hatten sie dem Bericht des Jungen nicht geglaubt und dessen Beschreibung der Tiere als übertrieben angesehen.

Jedenfalls macht er sich auf den Weg zum Lager. Sollten die Kiropee selbst mit dem Transportproblem fertig werden.

Gemütlich ließ er sich am Feuer nieder. Jetzt war Frühstücken angesagt.

Eine Schale mit Tee, Fladenbrot und kalten Braten, von einer älteren Frau gereicht.

Er dankte und aß.

Nach kurzer Zeit kamen die Männer zurück. Zwei Tragen zusammengebunden und ein Tier daraufgelegt. Anschließend noch einmal laufen.

Der Häuptling und der Zauberpriester kommentierten das unglaubliche Jagdergebnis. Jetzt hatten sie erneut ein Problem. Auf diese Fleischmenge waren sie nicht vorbereitet. Gemeinsam machten sich die Frauen daran, die Tiere zu zerlegen.

Ein Teil des Fleisches wurde gebraten, ein anderer in dünne Scheiben geschnitten und zum Trocknen vorbereitet. Das Fett in einen großen Tontopf getan und über einem eigenen Feuer eingeschmolzen. Andere Teile wurden geräuchert. Wirklich, sie hatten alle Hände voll zu tun.

Heute Mittag würde es Fleisch satt für alle geben!

*

Der jetzt überlaufende Bach wurde langsam lästig.

Also durften jetzt wieder die Männer ran. Er hieß sie, jede Menge kleine Bäume zu fällen. Daraus einen halben Meter lange, angespitzte Pfähle zu machen. Mit den Obsidianbeilen und ihren Messern eine arge Schinderei. Die Äste entlauben und ungekürzt mitnehmen.

Oberhalb des Dorfes schlugen sie nach seiner Anweisung erst einmal beidseitig je fünf Pfähle ein. Danach die Äste abwechselnd hinter und vor die Pfosten geflochten. Die beiden Reihen hatten einen Abstand von rund drei Metern. Mit kleinen Eimerchen hoben die jüngeren Kinder den Bachgrund aus und füllten damit den Platz hinter den Pfosten, sodass ein kleiner Damm entstand. Zwischen den Pfahlreihen floss das Wasser glatt dahin. In diesem Teilstück begann das Ufer beidseitig auszutrocknen.

Das überzeugte sie schnell. Die Pfahlreihen wurden stetig verlängert. Gegen Abend hatten sie es mit vereinten Kräften geschafft. Natürlich half er ebenso wie der Häuptling und der Zauberpriester mit.

Ruhig und glatt floss der Bach nun mitten durch die Ansiedlung, begrenzt durch die ›Faschinen‹. Ein neues Wort. Faszinierend und geheimnisvoll.

Damit war Thema Wassermangel zur Zufriedenheit aller gelöst. Bald würde das vertrocknete Brachland wieder grünen, fruchtbare Felder konnten angelegt werden. Abends, am Feuer, erkundigte er sich:

»Warum geht ihr nicht dort unten im Wald auf Jagd?«

Für einen Moment starrte der Häuptling finster ins Feuer. Dann, mit mühsam unterdrücktem Zorn in der Stimme.

»Wir lebten bis vor einigen Monden mit den Arachos in Frieden. Bis einer der Unterhäuptlinge, er heißt Koror, Sinoa, meine Tochter traf. Am folgenden Tag war er hier und verlangte sie zur Frau. Er ist ein Bulle von einem Mann, dabei verschlagen und hinterlistig. Sinoa wies ihn ab! Seitdem hetzt er gegen uns, wo er kann. Wir dürfen den Wald nicht mehr betreten, angeblich ist dieser alleiniges Stammesgebiet seines Clans. Unsere Jäger werden bedroht und abgedrängt. Sinoa traut sich nur noch, in Sichtweite zu suchen. Wir wissen, das Koror umherschleicht, um sie zu entführen. Früher oder später wird der Häuptling der Arachos seinem Unterhäuptling nachgeben und ihn angreifen lassen! Sie brauchen nur noch einen Vorwand dafür!«

Verbittert schwieg Telentor.

*

Am nächsten Tag hatten sie ihren Grund gefunden!

Begleitet von fünf Mann kam Koror recht früh heran und begehrte Telentor zu sprechen. Eine Abordnung geleitete diese ins Dorf.

Sie setzten sich ans Feuer zu Telentor, welcher ihn heranwinkte und vorstellte:

»Dies ist James, unser neuer Schamane! Er hat uns das Wasser gebracht,« dabei wies er auf Bach, »und sitzt gleichberechtigt neben mir!«

Koror musterte ihn gründlich. Dessen Gedanken waren leicht zu erraten. Ein schlanker, ihm weit unterlegener Mann!

»Schamane! Ich fordere Dich sofort zu Zweikampf auf Leben und Tod heraus. Euer Wasser ist bei uns angekommen und hat viele Zelte unbewohnbar gemacht. Zudem fordere ich den Stamm der Kiropee auf, uns den entstandenen Schaden zu ersetzen!«

Koror besaß, ohne es zu ahnen, nicht die geringste Chance. Offiziere der Föderation waren in mehreren Kampftechniken ausgebildet und besaßen noch zusätzlich körperliche Kräfte, weit über das Maß normaler Menschen hinaus!

Scheinbar besorgt antwortete er:

»Was geschieht, wenn ich dich besiege?«

Höhnisch antwortet Koror:

»Das wird nicht geschehen, denn niemand hat mich bisher im Zweikampf geschlagen! Ich werde Dich fertigmachen, nur mit bloßen Händen!«

Telentor erhob sich und entfernte sich zehn Längen vom Feuer. Er, Admiral James Bolton, stimmte dem Kampf zu.

»Hier, an dieser Stelle wird gekämpft, bis einer von beiden tot ist!«

Koror und er standen ebenfalls auf, fünf Längen voneinander Abstand nehmend.

Der Häuptling trat zur Seite und gab das Zeichen zur Kampffreigabe.

Wie erwartet! Koror stürmte blindlings auf ihn zu, die Fäuste schlagbereit erhoben.

Im allerletzten Moment trat er zur Seite und stellte seinem Gegner ein Bein, welcher bäuchlings auf dem Boden landete. Ringsum gab es ein schallendes Gelächter.

So gut wie alle umstanden in achtungsvoller Entfernung den Kampfplatz! Koror sah rot! Sie lachten ihn aus! Eine größere Schande gab es nicht! Er schnellte hoch und stürmte erneut auf seinen Gegner zu. Die Rechte vorgestreckt, griff er nach dem Schamanen. Dieser ergriff seinerseits Koros Handgelenk und zog daran. Koror wusste nicht, was ihm geschah. Unerwartet heftig krachte er erneut auf den Boden. Mühsam versuchte er aufzustehen. Bevor er ganz hochkam, verspürte er einen furchtbaren Schmerz in den Nieren. Der Schamane hatte blitzschnell zugeschlagen! Noch während er sich krümmte, bekam er einen überraschenden Schlag seitlich gegen den Hals. Er erkannte, dass sein Gegner ihm haushoch überlegen war. Angst ergriff ihn. Gerade als er um Gnade betteln wollte, traf ihn die Faust seines Gegners auf das Kinn. Er brach in die Knie. In der letzten Sekunde seines Lebens fühlt er eine Hand an seinem Hinterkopf und an seinem Kinn. Tot fiel er zu Boden. Der Schamane hatte ihm das Genick gebrochen.

Für einen Moment herrschte absolute Stille. So schnell und eindeutig hatten sie sich den Zweikampf nicht vorgestellt.

Alle, Sinoa am meisten, waren sehr erleichtert! Koror, ihr Feind, war tot!

Danach kam rundum Begeisterung auf. Ab sofort konnten sie wieder mit den Arachos in Frieden leben, gemeinsam im Wald jagen.

Ein paar leise Worte zum Häuptling, dieser nickte zustimmend.

Daraufhin wandte er sich an die Arachos.

»Nachher erhaltet ihr eine Trage und schleift Koror zu eurem Stamm! Doch jetzt kommt mit zum Wasser!«

Er zeigte ihnen den durch die Faschinen gebändigten Bach.

»Zwei Kiropees und ich begleiten euch zurück. Ich will mir selbst ansehen, wie es um eure Zelte steht. Kommt mit!«

*

Interessant!

Die Ebene war doch nicht so flach, wie er dachte. Überall waren, wenn auch sehr seichte Tümpel sowie zwei gut eine halbe Mannlänge tiefen Teiche entstanden. Mitten zwischen Bäumen und Büschen.

Im Wald ging es genauso weiter. Stets mussten sie darauf achten, in keine der Pfützen zu treten.

Am Ende des Waldes war vom Bach nur noch ein Rinnsal über. Von wegen die Zelte der Arachos standen unter Wasser. Im Näherkommen sah er, dass gerade Mal eines dem sich äußerst langsam bildenden Bach im Wege war. Nur ein übertriebener Vorwand für Koror!

Na ja, Schnee von gestern!

Auch hier brannte inmitten der Zelte ein großes Feuer. In deutlichem Abstand vor der ersten Behausung blieb er sehen. Unauffällig drückte er auf seinen Gürtel und aktivierte dessen Schutz.

»Geht jetzt allein weiter! Berichtet eurem Häuptling was geschah! Ich habe gesehen, was ich sehen wollte. Grabt rechtzeitig ein Bachbett und befestigt die Uferböschungen. Wir haben euch gezeigt, wie es gemacht wird! Ach ja, sagt ihm auch, dass der Wald ab sofort gemeinsames Jagdgebiet beider Stämme ist!«

Sich umdrehend entfernte er sich grußlos, gefolgt von seinen Begleitern.

*

Muchard, der Häuptling begriff gar nichts, außer dass er den aufrührerischen Koror elegant los war! Ab jetzt hatte er es viel leichter und in seinen Stamm würde wieder Ruhe einkehren.

Was das Wasser anbetraf, das eine Zelt war schnell zur Seite geräumt. Ein Graben konnte leicht angelegt werden und ansonsten würde er gleich Morgen einen Boten zu der Kiropees senden, um einen Termin für ein Treffen der Häuptlinge auszumachen.

Er wollte die früheren Freundschaften erneuern und sich die Sache mit der Uferbefestigung selbst ansehen.

Alles in allem gute Zukunftsaussichten.

*

Es ging nichts über ein bequemes Bett und komfortable Sanitäreinrichtungen. Die ihm angebotene Unterkunft im Zelt des Zauberpriesters war ganz und gar nicht nach seinem Geschmack! Zur Schlafenszeit verschwand er im Dunkel der Nacht. Unsichtbar schwebte er mit Hilfe seines Gürtels hoch zur Höhle seiner Zeitkapsel.

Eine seiner Monitorkugeln berichtete, standardgalaktisch sprechend:

»Im Nordosten, gut tausend Kilometer entfernt, lebt ein Volk, welches in festen Blockhäusern wohnt. Dort gibt es Kohle sowie Kupfer-, Zinn- und Zinkmienen. Sie erzeugen Bronze und fertigen daraus so gut wie alle Werkzeuge! Zahlungsmittel ist überwiegend Gold.«

Schau an, Volltreffer!

»Die Kertans, wie sie sich nennen, hüten das Geheimnis um die Herstellung von Bronze mit allen Mitteln. Vor allem die Erzeugung der zur Schmelze benötigten Temperaturen. Außerdem führen sie den Vertrieb selbst aus. Sie haben Handelswege eingerichtet, welche ihre überall errichteten Warenhäuser versorgen. Die nächstgelegene Station ist etwa zweihundert Kilometer entfernt. Sie besitzen Wagen und verschiedene Zugtiere, welche sie auch verkaufen. Diese Tiere sind zwar erhältlich, aber für hiesige Verhältnisse kaum bezahlbar. Keine Postkutschen. Zivilpersonen werden nicht befördert! Des Weiteren verkaufen sie alle möglichenWaren, wie zum Beispiel Tücher, Decken, halt ein ganzesSortiment an Textilen!«

Wenn er als Tagesmarsch eine Strecke von täglich vierzig Kilometer zu Grunde legte, benötigte man hin und zurück zehn Tage. Zwei Tage Aufenthalt an der Handelsstation. Da er noch ein paar Nutztiere kaufen wollte, er dachte an Ziegen, Gänse - Wasser für einen kleinen Teich hatten sie ja inzwischen genug - und eventuell einige

Hühner, würde der Rückweg voraussichtlich länger dauern, sieben statt fünf Tage. Egal!

Jetzt galt es zuerst genügend Gold aufzutreiben.

*

Vom Tal aus gesehen, gut fünf Kilometer nach rechts, in rund achtzig Metern Höhe und einer Tiefe im Gestein von nur fünfzig Zentimetern verlief eine ergiebige Goldader. Ein Lob auf seine Monitorkugel!

Im Tarnmodus schwebte er vor der Felswand und sah zu, wie sein Helfer das Gestein mit Ultraschall zerkleinerte und den Anfang der Goldader freilegte.

Er wies seinen Helfer an, zwanzig Kilogramm aus dem Fels zu holen und zur Zeitkapsel zu bringen.

Zufrieden flog er, immer im Tarnmodus zurück.

*

»Ich suche genau zehn Freiwillige! Einerseits kräftig, andererseits ausdauernde Läufer! Für eine weite Reise. Wir werden voraussichtlich fünfzehn Tage unterwegs sein!«

Er war vom Feuer aufgestanden und hatte laut gesprochen. Als er wieder saß, fragte der Häuptling nach dem Grund.

»Ihr hier seid von den Menschen weiter draußen seit Jahren abgeschnitten. Wir gehen zu einer Handelsstation, die viele nützliche Dinge anbietet. Mal sehen, ob wir dort etwas bekommen!«

Ehrlich, keine Ahnung was der Schamane meinte. Einer der Krieger kam sofort heran.

»Ich begleite Sie!«

»Gut, frage deine Kameraden wer noch mit will! Du wirst mein Stellvertreter sein! Aber nur zehn Mann, keinen mehr! Morgen früh, bei Sonnenaufgang, treffen wir uns vor den Zelten unten am Bach!«

Für eine kurze Zeit verließ der Häuptling das Feuer.

Als er wiederkam, sagte er: »Sinoa, meine Tochter, will auch mit!«

Ablehnend schüttelte er den Kopf und antwortet in einemTonfall, der jede Widerrede ausschloss.

»Keine Frauen!«

Müde sah er ins Feuer, die Augen geschlossen. Nicht ansprechbar.

*

Vier Stunden lang gab er ein erhöhtes Marschtempo vor.

Seine Begleiter stolperten neben ihm her. Zeit für eine Rast.

Am Rande eines kleinen Waldes ließ er Halten und versammelte alle um sich.

»Wir legen hier eine längere Pause ein. Esst etwas und ruht euch aus bis ich wieder komme.«

Einen der Krieger fasste er scharf ins Auge.

»Wenn ihr Vater nicht der Häuptling wäre, den ich nicht bloßstellen wollte, hätte ich Sie zurück zu den Zelten schaffen lassen, Sinoa! Dies wird sehr anstrengend werden. Überlegen Sie es sich gut! Noch können Sie umkehren!«

Er drehte sich um und verschwand im Wald. Sinoa stand geschockt da. Er hatte sie erkannt. Trotzdem, sie würde weiterhin mitkommen.

*

Antisichtschirm eingeschaltet, Antigraveinrichtung aktiviert und mit Vollschub zur Handelsstation!

Nur wenige Minuten später landete er im Sichtschutz von ein paar Bäumen. Jetzt wieder voll sichtbar schritt er auf das Hauptgebäude zu.

Vier Stufen hoch, die Tür geöffnet und er stand in einen Empfangsraum. Ein Mann, geschätzt fünfunddreißig Jahre, kam, ihn kritisch musternd, heran.

»Guten Tag, was kann ich für Sie tun?« Na, der war aber höflich.

»Bitte bringen Sie mich zum Leiter dieser Station!«

»Gerne, bitte folgen Sie mir!«

Er schritt auf eine wuchtige Tür zu, klopfte an und hielt sie ihm auf.

»Bitte treten Sie ein.«

Auf den ersten Blick erkannte er, dass dies ein Kontor war.

Ein älterer Mann zeigte auf den Stuhl vor seinem Tisch, sah ihn prüfend an und bat ihn, sich zu setzen.

»Was wünschen Sie?«.

»In vier bis fünf Tagen komme ich mit zehn Mann hierher. Ich möchte einen sehr großen Einkauf tätigen und Sie sollen bis dahin so viel wie es geht bereitstellen. Geht das?«

»Bitte sagen Sie, was Sie möchten.«

Er griff in eine Tasche seines Umhangs. Seine Hand kam mit einem faustgroßen Goldklumpen hervor, welchen er auf den Tisch legte.

»Dieser ist für Sie! Nur für die Bereitstellung!«

Der Händler schluckte, griff nach dem Gold und wog es in der Hand. Alle Achtung, das hatte er nicht erwartet. Von wegen ein mittelloser Kunde!

»Bitte notieren Sie: Zwölf Quoffs, zehn Stuten und zwei Hengste. Dazu zwölf Reitsättel. Zur Fellpflege, zehn Striegel. Acht Wagen mit Zuggeschirr. Wenn möglich zweihundert Messer sowie je fünfzig Äxte und Beile. Zehn Schaufeln zum Graben. Zehn kleine und zwanzig mittelgroße Scheren, dazu ebenso viele Kämme! Alles was bis dahin an Essbesteck aufzutreiben ist. Kessel, Krüge Teller und Pfannen, so viel wie Sie in fünf Tagen beschaffen können!«

Obwohl der Mann schwitze, notierte er alles genau.

»Können Sie auch Haustiere besorgen, Gänse, Ziegen und Hühner?«

»Würden Ihnen zehn Gänse mit einem Gänserich und fünf Ziegen mit einem Ziegenbock erst einmal genügen?«

»Vorläufig ja! Wie viel soll das alles kosten?«

Der Mann schwieg und rechnete. Dann, nach einigen Minuten auf den Goldklumpen deutend:

»Etwa die zehnfache Menge!«

»Kein Problem!« Er legte weiteres Gold auf den Tisch.

»Wenn alles zu meiner Zufriedenheit ausfällt, erhalten Sie noch mehr Gold! Bis in ein paar Tagen!« Grüßend erhob es sich und ging, einen fassungslosen Händler zurücklassend.

*

Wenige Minuten später, er war kaum eine halbe Stunde unterwegs gewesen, kam er wieder aus dem Wald, an dem seine Begleiter lagerten.

»Aufstehen! Es geht weiter!« Zwei Tage marschierten sie schnell voran, auf kürzestem Weg zur Handelsstation. Am dritten Tag, gegen Mittag rief er sie zusammen.

»Es ist an der Zeit, dass Ihr erfahrt, um was es geht. Wir sind auf dem Weg zu einer Handelsstation, um Zug- beziehungsweise Reittiere, zu kaufen! Diese Tiere sollen Wagen mit Waren ziehen. Ihr bekommt einen Tag Zeit, um Reiten zu lernen, und auch, wie man einen Wagen lenkt! Notfalls auch noch einen zweiten Tag! Bitte strengt euch an. Auf dem Rückweg geht es viel langsamer. Wir werden Umwege machen, da wir mit den Wagen nicht überall durch kommen. Des Weiteren werdet ihr lernen, wie und mit was man diese Tiere, man nennt sie Quoffs, füttert. Außerdem wie sie gepflegt werden müssen. Zusätzlich werden wir auf dem Rückweg dünne Bäume fällen und entasten, um später ein Gehege für die Tiere zu errichten. Um welche Waren es sich handelt, werdet ihr auf der Station sehen. Legt jetzt eine Pause ein mit Essen, danach marschieren wir weiter!«

An den teilweise langen Gesichtern erkannte er, dass sie wenig begriffen hatten. Nur Sinoa schien sich zu freuen!

*

Pünktlich am frühen Morgen des fünften Tages kamen sie an.

Der Händler kam ihm strahlend entgegen.

»Ich habe alles zusammen, was Sie wollten. Die Quoffs dort sind ihre Tiere, die Waren sind im Haus!«

Drei ältere Männer kamen heran.

»Diese Männer werden ihren Leuten das Reiten und Lenken beibringen. Die Wagen stehen dort drüben! Die Nutztiere befinden sich in Umzäunungen hinter dem Haus! Bitte kommen Sie mit!«

An seine Begleiter gewandt:

»Diese Männer werden euch zeigen wie man mit den Quoffs umgeht und Wagen fährt. Macht's gut!«

Im Lager angekommen staunte er. Alles sauber und übersichtlich auf Tischen ausgelegt. Von der großen Axt bis hin zur kleinesten Schere säuberlich geordnet.

Hervorragend! Besser ging es nichts. Was ein paar Goldbrocken alles ausmachten.

Auf einem einzeln stehenden Tisch lagen noch weitere Werkzeuge.

»Wir haben von den anderen Stationen mehr bekommen als wir für Sie brauchten. Wir verkaufen ihnen den Rest gerne auch noch.«

»Ich nehme ihn! Zudem für Heute und Morgen Essen und Trinken für uns und Futter für die Tiere! Gehen wir in ihr Kontor und ich werde erst einmal alles bezahlen! Falls später noch etwas hinzukommt, zahle ich das extra!«

Im Kontor stand eine Waage mit Gewichten aus gegossenen Bronzewürfeln.

Der Preis betrug sechsganze und einen halben Würfel.

Kein Problem! Aus seinem Gewand holte er mehrere schwere Ledersäckchen hervor und schüttete den Inhalt in die Waagschale. Er hatte mehr als ausreichend Gold bei sich.

Der Stationsvorsteher gestand, dass er noch niemals so viel Gold auf einmal gesehen hatte. Schnell räumte er es in eine verschließbare Truhe, holte zwei Zinnbecher hervor und schenkte ein. »Zum Wohl!«

Ei schau mal einer an, da hatte doch was übersehen.

»Haben Sie noch mehr Zinnbecher und Krüge?«

»Nicht viel, aber bis morgen Mittag kann ich Ihnen noch einiges beschaffen.«

»Gut, ich nehme, alles was Sie besorgen können! Bezahlt selbstverständlich! Aber jetzt muss ich zuerst einmal sehen, wie meine Männer mit den Quoffs zurechtkommen! «

*

Als er zur Tür hinaus trat, vernahm unter der Holztreppe ein leises, klägliches Winseln.

Unten angekommen, konnte einen kurz angebundenen verstört fiependen Hund erkennen.

Empört fragte er.

»Was ist mit dem Hund?«

»Das war unsere Wachhündin. Sie taugt nichts mehr!«

»Kann ich sie haben?«

»Aber ja.«

Laut rief er Sinoa herbei.

»Hole bitte ein wenig Fleisch in kleine Stückchen geschnitten und eine Schale mit Wasser!«

Vorsichtig bückte er sich unter die Treppe und streichelte das Tier. Es hatte einen Strick um den Hals, welcher an einen Pfosten Gebunden war. Er löste den Knoten und zog die Hündin langsam hervor, sie dabei fortwähren streichelnd und ihr mit ruhiger Stimme zuredend.

Neben dem Tier setze er sich auf den Boden.

Als Sinoa das Wasser brachte, ließ er nur wenige Schlucke zu. Danach reichte er ein paar Fleischstückchen. Abwechseln gaben sie der Hündin kleine Mengen Wasser und Fleisch, was diese sich gerne gefallen ließ. Auch schien sie Sinoas Streicheln durchaus zu genießen.

»Wir werden dich ›Laira‹ nennen!«

Plötzlich fiel ihm was ein.

»Sinoa, nimm Laira zu einem abgestellten Wagen und binde sie so an, dass sie sowohl in die Sonne liegen kann, als auch im Schatten unter dem Wagen!«

Er erhob sich und ging zurück ins Haus, dort war dringend das Thema ›Verpackung‹ zu klären.

Außerdem fragte er sich, ob sie hier warme Decken und Felle hatten?

Kurz danach wechselten weitere Goldstücke den Besitzer. Jetzt ging es endlich zu seinen Männern.

Da die Quoffs sich gutmütig verhielten, kamen sie mit dem Reitenlernen gut voran. Die Ersten übten sich bereits im Wagenlenken, einige striegelten die Tiere.

Seinen Unterführer herbeirufend, schritt er mit diesem hinter dasHaus zu den dortigen Ställen.

»Die Gänse kommen Morgen auf einen Wagen, die Ziegen binden wir paarweise dahinter an.«

Seinem Unterführer blieb vor Verblüffung mit offenem Mund staunend stehen.

»Bitte frage nach, wie wir die Gänse am Wegfliegen hindern können!«

Still vor sich hinlächelnd ging er zu Koppeln, um seinen Männern beim Üben zuzusehen.

*

Seit zwei Tagen waren sie auf dem Rückweg.

Vor Beginn der Fahrt händigte er jedem ein Bronzemesser und Beil aus.

Dazu legte er zwei Sägen griffbereit auf den ersten Wagen.

Alle waren von den neuen Werkzeugen fasziniert, hatten sie doch bisher keine Metalle gekannt. Gar zu gerne hätte sie gewusst, was sie sonst noch transportierten. Aber sie getrauten sich nicht, zu fragen.

Im Augenblick lief alles zufrieden stellend, ganz im Gegensatz zu gestern. Für das Reiten spielte das Gelände kaum eine Rolle, das Fahren der Wagen auf unebenem Boden mit Hindernissen stellte jedoch eine ziemliche Herausforderung dar. Mehrmals konnten sie die steckengebliebenen Wagen nur mit vereinten Kräften wieder flottmachen. Aber sie lernten schnell!

Derzeit ritt er weit voraus, angeleitet von der unsichtbar fliegenden Monitorkugel, um einen einigermaßen befahrbaren Weg zu finden. Keine eng zusammenstehenden Bäume und Büsche, keine steilen Böschungen und vor allem geeignete Furten.

Sinoa ritt heran.

»Wieso schlagen Sie einen derart großen Bogen?«

»Dort vorne steht ein, wie es aussieht, sehr dichter Wald quer zu unserer Fahrtrichtung. Wir steuern auf eine Lücke zu, in der Hoffnung, dass das darin fließende Gewässer eine Überquerung erlaubt. Notfalls müssen wir nach einer Furt suchen!«.

»Was ist eine ›Furt‹?«

Wollte sie ihn ärgern? Dann fiel ihm ein, dass Menschen aus einer wasserarmen Gegend keine Furt brauchten und sicherlich auch nicht schwimmen konnten.

Sei es drum. Geduldig erklärte er:

»Furten sind Übergänge mit einer flachen Uferböschung und meist nicht allzu tiefem Wasser! Übrigens kannst Du schwimmen?«

Was meinte der Schamane mit ›schwimmen‹?

»Was ist ›schwimmen‹?«

»Ich zeige es euch demnächst. Wahrscheinlich könnt ihr alle es nicht!«

Er schwieg ein paar Minuten, ehe er sie wieder ansprach:

»Reite bitte voraus und prüfe, ob wir dort vorne durchkommen.«

Sinoa nickte und trieb ihr Quoff an. Etwa zwanzig Minuten später kam sie zurück und meldete:

»Es stehen einige, wenn auch dünne Bäume im Weg!«

»In Ordnung! Begib dich zu den Wagen. Ich sehe mir das selbst an!«

Eilig ritt er los.

*

Mit seinem unter seinem Umhang verborgenen Handstrahler schlug er eine breite Schneise, auch hinter dem Bach, durch den Wald. Sie hatten schon zu viel Zeit verloren, als dass sie noch stundenlang Bäume fällen konnten. Nach kurzer Zeit kamen die Reiter und die Wagen heran.

Ein Wunder! Alle im Weg stehenden Bäume lagen am Boden!

»Entastet sie und ladet die Stämme auf einen der freien Wagen. Nehmt die Sägen und kürzt sie vorher auf zwei Mannlängen. Wir benötigen sie später als Einzäunung!«

Sinoa war wie vor den Kopf geschlagen! Vor kaum zehn Minuten standen diese Bäume noch.

Welche mächtige Zauberkraft! Scheu sah sie Schamanen an, ehe sie mithalf, die Stämme zu entasten und auf den Wagen zu laden.

Da das Ufer recht flach war, konnten sie anschließend den Bach leicht durchqueren.

Er sah hoch zur Sonne und ordnete an:

»Ruhepause. Lasst die Gänse kurz ins Wasser und tränkt auch die Pferde!«

Da man dem Federvieh bereits auf der Handelsstation die Flügel gestutzt und sie am Hals mit langen Lederriemen festgebunden hatte, konnten sich diese im Wasser austoben und nicht entwischen! In der Zwischenzeit, ihr Wagen war mit Stroh ausgeschlagen, sammelten sie deren Eier ein, welche sogleich roh verzehrt wurden.

Er selbst hielt sich zurück. Ungekochte Eier? Nicht sein Fall!

*

Gegen Mittag des siebten Tages kamen sie zuhause an.

Zehn Wagenlängen davor schwenkten sie nach rechts ab und standen dann sauber nebeneinander ausgerichtet. Sie hatten das Manöver in den letzten Tagen mehrmals geübt.

Wie abgesprochen sprangen die Reiter von ihren Quoffs, holten die angespitzten, vorbereiteten Pfähle und schlugen diese vor den Wagen in den Boden. Wozu gab es neuerdings schwere Bronzehämmer?

Die Kutscher stiegen von ihren Fahrzeugen und banden die Zugtiere daran fest. In einigem Abstand hinter den Fahrzeugen kam eine weitere Pfostenreihe hinzu. Für die Ziegen. Die schnatternden Gänse blieben erst einmal, wo sie waren.

Alles was Beine besaß, kam angerannt, in respektvollem Abstand wartend. Was Laira bewog, sich sicherheitshalber unter einen der Wagen zurückzuziehen.

Zögernd traten der Häuptling und der Zauberpriester näher. Im Schutze der Nacht erlegte er vier der hirschähnlichen Tiere. Die Männer schleppten sie herbei und legten sie vor dem Häuptling nieder. Feixend meinte er:

»Wir haben von unterwegs etwas Fleisch mitgebracht! Dazu noch ein paar Ziegen, welche Milch geben und eierlegende Gänse!«

Sinoa kam heran.

»Nimm dir bitte fünf unserer Männer und schlagt Pflöcke um den Tümpel und um ein großes Stück Wiese!«

Und an den Häuptling gewandt:

»Helft uns bitte mit Ruten einen Zaun, ähnlich wie die Faschinen im Bach, um das Wasser zu errichten! Bevor wir zu irgendetwas anderem kommen, müssen die Tiere versorgt sein.«

Und an einen der Wagenführer gerichtet.

»Gib jedem, der Ruten schneidet, ein Messer.« Und zu den langsam näher kommenden Zuschauer:

»Die Tiere sind ungefährlich! Bitte ein paar freiwillige Frauen, um die Ziegen zu tränken!«

Der Häuptling schien den ersten Schock überwunden zu haben.

Telentor rief ein paar Namen und teilte ihnen die Arbeiten zu.

Wo war eigentlich Laira? Ein kurzer Blick unter die Wagen. Eine Leine an ihrem Lederhalsband befestigt und diese am Wagen festgebunden, sorgte dafür, dass sie nicht wegrennen konnte. Er sprach eine der Helferinnen an, auf die Hündin zeigend:

»Sie ist zahm! Stellen Sie ihr bitte eine Schale mit Wasser und einen Brocken Fleisch hin. Danke!«

Die Einzäunung um den Tümpel wuchs recht schnell. Ein paar weitere Pflöcke, Zelttuch darüber, als Unterlage Heu. Fertig war die Gänseunterkunft!

Kaum zwei Stunden, nach dem Einschlagen des ersten Pflockes, schwammen die Gänse auf dem seichten Gewässer. Hervorragend! Noch heute Nacht würden seine beiden fliegenden Helfer Wasserpflanzen einsetzen, zusammen mit allerlei Wassertieren. Im Wagen gab es, zumindest für den Anfang, Körnerfutter. Eine Futterstelle neben der Gänseunterkunft angelegt und sie brauchten ab morgen nur noch die Eier einzusammeln.

Ein prüfender Rundblick.

Die Holzzäune für Quoffs und Ziegen begannen zu entstehen.

»Schluss für heute! Holt einige Tragen und entladet die Wagen!

Schafft alles zum Zelt des Häuptlings. Dort wird ausgepackt.«

Dank vieler eifrig zugreifender Hände, waren nach höchstens zwanzig Minuten die Wagen entladen.

Zeit zum Auspacken. Danach kamen sie aus dem Staunen nicht mehr heraus. Das meiste erkannten sie. Scheren hingegen waren ihnen neu. Der kleine Pflug auch.

Das Küchengeschirr, die Zinnbecher, die Kesselchen, Pfannen, die Decken und ... und ...

Zum Glück gab es ein leerstehendes Zelt, in dem alles vorläufig untergebracht werden konnte.

Sollte doch der Häuptling zusehen, wie er mit den ganzen Waren verfuhr.

*

Nach einigen Tagen kehrte wieder Ruhe ein.

Vom Telentor an, bis zum jüngsten Mädchen und Knaben, alle übten sie das Reiten.

Mit den kleinsten Scheren schnitten sie die Fingernägel und lernten diese zu feilen.

Mit den etwas größeren schnitten sie sich gegenseitig die Haare.

Ziegen melken und deren Milch im Bach kühlen, kein Problem!

Allerdings untersagte er nach zwei Tagen, den Gänsen die Eier wegzunehmen. Ein paar Küken waren erst einmal erwünscht.

Die Ziege und Quoffs liefen in großzügig angelegten Koppeln frei herum, was die Ziegen umgehend ausnutzten, um alle Büsche ratzekahl abzufressen. An einem Stück der ehemaligen Brachflächen ließ er die Quoffäpfel ausbringen und zeigte ihnen, wie man diese unterpflügte.

Anschließend hieß er sie die Schollen mit einer Hacke zerkleinern.

Warum umpflügen und Düngen? Stets erklärte er alles ausführlich,

Laira, die seit zwei Tagen frei herumlief, von allen gestreichelt und gefüttert würde, kam lauthals bellend herbei, immer wieder ein paar Schritte auf den Wald zulaufend und wieder zurück. Einer der Männer schrie plötzlich laut auf, brüllte etwas Unverständliches, woraufhin alle schreiend zu den Zelten rannten.

»Sir, ein Bär kommt!«

Seinen Offiziersstrahler vor die Brust haltend, so dass niemand die Waffe erkennen konnte, schritt er gelassen dem Raubtier entgegen. Aus gut dreißig Metern Entfernung schoss er mit einem Strahldurchmesser von drei Millimetern dem Bären in beide Schultern. Schmerzvoll brüllend blieb dieser stehen und richtete sich hoch auf.

Dessen Fehler! Den Strahler auf zehn Millimeter eingestellt und aufs Herz gezielt. Mit dem roten Punkt des
Laserpointers konnte es keinen Fehlschuss geben.

Tot brach der Bär zusammen.

*»Gibt es noch mehr derartige Mistviecher in der
Umgebung? Wenn ja, mit den Zugstrahlen tausend Kilometer nach Norden versetzen!«*

Laira umkreiste laut bellend den Kadaver. Dies lockte
die ersten Mutigen aus ihrer Deckung.

Er winkte sie heran. Sollten sie sich selbst um den
Bären kümmern!

*

Das Übliche.

Ein Goldklumpen auf dem Tisch, dahinter saß erwar-
tungsvoll der Stationsvorsteher.

»Wie viele Quoffs mit Sätteln können Sie binnen vierzehn Tage besorgen?«

Der Mann dachte nach. Aus seinem Tisch holte er ein
dünnes Leder, auf dem die Stationen rundherum eingetra-
gen waren. Er murmelte vor sich hin, fuhr mit dem
Finger minutenlang auf der Karte herum.

»Etwa achtzig!«

»Gut! Dazu zwei Wagenladungen Heu! Außerdem
Seile, um die Quoffs zusammen zu binden. Wie ich es
sehe,« er wies rundum, »besitzen Sie Tische, Stühle und
Bänke! Haben sie diese oder ähnliche auch zum Verkaufen? Und dazu noch ein mehrere zugeschnittene Bretter?«

»Ich kann alles bereitstellen. Wie viele wünschen Sie?«

»Mindestens vier große Tische zum Zusammenstellen sowie vier bis fünf kleinere. Dazu zwei lange Bänke. Ich habe es satt, andauernd auf dem Boden herumsitzen zu müssen!«

Sein Gegenüber lachte.

»Ach ja, fünfhundert Nägel, nein, besser gleich tausend, wären auch nicht schlecht. Dazu mindesten zehn geeignete Hämmer! Geht das?«

»Aber selbstverständlich!«

»Gut! Dazu bitte so viel gegerbte und imprägnierte Felle, sowie Nadeln und Riemchen zum zusammen nähen. Bei uns ist sehr viel verschlissen! Angefangen von den Zelten bis hin zur Kleidung. Bitte noch für dreißig Personen Proviant für sechs Tage.«

»Was die Bekleidung anbelangt, da hätten wir einiges fertig zubieten!«

»Wunderbar! Da können sich unsere Frauen austoben!«

*

»In acht Tagen fahren wir wieder zur Handelsstation. Diesmal mit dreißig Personen, gleichgültig ob Männer oder Frauen, darunter auf jeden Fall die bisherigen Wagenlenker mit ihren Wagen! Alle welche mitkommen wollen, müssen gut Reiten können.«

Ein prüfender Rundblick.

»Wir werden zehn bis zwölf Tage unterwegs sein. Bitte haltbares Essen für sechs Tage mitnehmen.«

Eine kurze Pause einlegend.

»Als Schamane dienen mir unsichtbare Helfer. Sie werden sozusagen über Nacht, Wasserpflanzen und Fische, in den unteren See vor dem Wald einsetzen. Dazu rundherum einen Wald anlegen. Dieses Gebiet darf mindestens einen Mond lang nicht betreten werden, schon gar nicht irgendwelche Tiere dort jagen! Verstanden?«

Eifriges Nicken rundum. Unsichtbare Helfer? Das erklärte auch, wer die Jagdbeute des Schamanen herbeigeschleppt hatte.

»Bitte in den nächsten drei Tagen den hinteren Teil des Tales nicht betreten! Meine Helfer erhöhen die Wasserzufuhr und legen sogenannte Wildbachverbauungen an. Diese dürfen nicht geändert werden!«

Kurz dachte er nach. Gab es im Moment noch etwas?

»Einigt euch untereinander, wer mitkommt!«

*

»Ihr Name ›James‹ klingt in unserer Sprache nicht gut! Wir werden Sie als Häuptling in unseren Stamm aufnehmen und ›Antpui‹ nennen! Häuptling ›großer Freund‹! Unser Zauberpriester wird das Zeremoniell gegen Abend ausführen!«

Fragend sah Telentor an.

Zustimmend nickt er, allerdings sogleich hinzufügend:

»Für die Aufnahme in euren Stamm danke ich! Es ist mir eine große Ehre. Aber ich will nur euer Freund sein, kein Häuptling!«

Er sah einen Moment vor sich hin.

»Woher habt ihr eure Zeltplanen und Kleidungen? Mir scheint, sie sind alle ziemlich verschlissen?«

Ernst sah Telentor ihn an.

»Seit Jahren kommt kein Händler mehr vorbei! Wir sind ein armer Stamm und haben nichts, um zu bezahlen oder zu tauschen. Übrigens, wie haben Sie all die Quoffs,

Wagen und die Werkzeuge bezahlt? Sie besitzen doch auch nichts!«

Sollte er oder sollte er nicht? Vielleicht war es gut, das Thema ›bezahlen‹ zu klären.

»Auf meiner Wanderung kam ich an einem Bach vorbei, in dem etwas glitzerte. Gold! Einige Tage lang Gold gewaschen, bis ich ein paar Beutel voll hatte. Davon habe ich alles bezahlt!«

Suchend griff er in seinen Umhang und brachte einen prall gefüllten Lederbeutel zum Vorschein, den er Telentor reichte.

»Hier, er ist ihrer!«

Telentor öffnete den ungewöhnlich schweren Beutel, warf einen Blick hinein und verschloss ihn hastig wieder.

»Am besten wäre es, wenn sich zwei oder drei der Männer auf den Weg machen und nach einem umherreisenden Händler suchen. Diesen dann hierher bringen! Wenn Sie den Mann mit dem Gold bezahlen, kommt er bald wieder. Und ein paar seiner Freunde sicherlich auch!«

Der Häuptling war einige Zeit sprachlos. Als Telentor ihm danken wollte, winkte er ab.

»Alles in Ordnung! Ich habe noch mehr davon!«

Der Häuptling bekam noch einen weiteren Beutel in die Hand gedrückt.

»Das dürfte für einige Zeit reichen!«

*

Nach Einbruch der Nacht vergrößerten die fleißigen Helferlein den See nahe der Siedlung um mehr als das Doppelte. Gleichzeitig hoben sie das bisher flache Gewässer auf eine Tiefe von über zwei Meter aus. Der Bach wurde seitlich am See vorbeigeleitet und über einen schmalen, leicht zu sperrenden Graben an der oberen Seeseite mit diesem verbunden. Über eine Schleuse konnte man den Bach bei Bedarf voll durch den See leiten.

Bis zum Morgen war erst halb vollgelaufen. Das hieß, vorübergehend gab es weiter unten kein Wasser. Na und?

Beim Frühstück stellte er eine Frage an alle:

»Gibt es jemand hier, der Schwimmen kann?«

Allgemein verblüfftes Kopfschütteln rundum.

»Nur Fische können schwimmen, Menschen nicht!«, lautete die eindeutige Antwort des Zauberpriesters.

»Dann haltet euch von dem See fern! Seine Wassertiefe beträgt mehr als eine Mannlänge! Wer hineinfällt, ertrinkt, verstanden?!«

Erschrocken nickten Sie. Da er im Moment nichts zu tun hatte, konnte er den Jungs Schwimmen beibringen. Er winkte zwei etwa vierzehn alte Halbwüchsige herbei und ging mit ihnen vor die Zelte.

»Wir machen jetzt ein paar ›Trockenübungen‹. Legt euch auf den Rücken neben mich und seht genau zu!«

Brav legten sie sich neben ihn.

»Also, Beine anziehen, nach außen abstoßen, zusammenschlagen. Eins - zwei - drei! Los, übt das!«

Nach zehn Minuten war er zufrieden.

»Jetzt setzt euch auf! Hände vor die Brust, danach flach nach vorne strecken, dann die Hände drehen und weit durchziehen, danach wieder zurück zur Brust!«

Auch das machten sie nach kurzer Zeit recht ordentlich.

Wie nicht anders zu erwarten fanden sich schnell ein paar Neugierige ein.

»Ihr zwei! Holt drei armlange Stämme und bindet sie zusammen, dazu einen dünnen, langen Stamm und einen langen Riemen! Ach ja, bitte noch zwei warme Decken. Die anderen verschwinden! Ich will keine Zuschauer!«

Es dauerte zwar einige Zeit, ehe sie wiederkamen.

»So, ihr zieht euch jetzt ganz aus. Mit den Riemen unter den Armen kann ich euch halten, während ihr euch an dem schwimmenden Holzbündel festhaltet. Dann die Beinübung im Wasser machen! Anziehen - Abstoßen - Zusammenschlagen. Da das Wasser derzeit sehr kalt ist, genügt es, fünfmal die Übung zu machen. Dann sofort raus und Abtrocknen! Wer will zuerst?«

Beide natürlich.

Seufzend wählte er einen aus.Es klappte auf Anhieb!

Anschließend, er hielt sie sozusagen an der ›Angel‹, gab es noch eine Runde zusätzlich mit den Armbewegungen.

Hervorragend! Die Jungs waren sozusagen Naturtalente.

»Schluss für heute! Es war sehr gut.« Lobte er. »Wenn das Wasser einigermaßen warm ist, machen wir weiter. Am Anfang keinesfalls alleine üben! Immer an der Leine!«

Hinter ihnen platschte es vernehmlich. Er drehte sich erstaunt um.

Laira! Begeistert tollte sie kurz im Wasser herum. Anscheinend wurde es ihr aber ebenfalls schnell zu kalt. Sie kam heraus und schüttelte sich gründlich. Anschließend legte sie sich zum Trocknen in das Gras, ließ sich ihren Pelz von der Sonne wärmen.

Die Jungen wunderten sich.

»Wieso kann Laira schwimmen?«

»Die meisten Tiere können dies instinktiv, die Quoffs genauso!«

*

»Abgesehen von dem kalten Wasser, sind die zwei Jungs hell begeistert! Glauben Sie, dass jeder Mensch schwimmen lernen kann?«

Temuchon, der Zauberpriester, fragte interessiert.

»Aber ja! Der See bleibt, so wie er ist, keine Wasserpflanzen wie Schilf oder Ähnliches. Wir pflanzen lediglich in einem Abstand von mehreren Längen ein paar schattenspendende Büsche und Bäume. Ein Teich nur zum Baden und Schwimmen!«

Es ah sekundenlang vor sich hin. Dann, lebhaft:

»Weiter unten, kurz vor dem Wald, lege ich den zweiten See für meine Zwecke an. Er liegt weit genug von unserer Siedlung entfernt, sodass die Tiere, welche ich dort ansiedeln will, weitgehend ungestört bleiben. Mal sehen!«

Er erhob sich.

»Ich will jetzt nach den Wagen sehen, ob diese in Ordnung sind.

Übermorgen, in aller Frühe, geht es los!«

*

In der ersten Morgendämmerung standen alle bereit.

Zwanzig Männer, zehn Frauen und Laira.

Er grüßte, hieß die Kutscher aufsitzen und los ging es. Er lief in einen leichten Trab, den er stundenlang, ohne zu ermüden, durchhielt, voraus, den Wagenspuren folgend.

Mit den leeren Wagen waren täglich siebzig Kilometer bei seiner Tempovorgabe möglich. Mit anderen Worten, in drei Tagen war die Handelsstation zu erreichen. Da

45

sein Tempo über längere Zeit nicht alle durchhielten, durften diese zwischendurch auf den Wagen mitfahren.

Abends gab es frischen Braten, ging er doch in der Mittagspauseauf die Jagd.

Am späten Nachmittag des dritten Tages erreichten sie ihr Ziel.

»Sie sind etwas zu früh! Wir bekommen Morgen noch etwas!«

Besorgt kam der Leiter der Station heran.

»Nein, nein! Alles in Ordnung! Wir bleiben auf jeden Fall bis übermorgen. Heute machen wir nichts mehr und Morgen zeigen Sie uns, vor allen den Damen, was an Kleidung vorhanden ist. Am besten wäre, wenn Sie uns alle ihre Waren zeigen würden. Was ich bestellt habe, betrifft das nicht. Die Quoffs, die Möbel und so weiter kaufe ich selbstverständlich. Für heute machen wir nichts mehr! Haben Sie irgendeinen Ort, in dem wir auf Stroh übernachten können?«

»Aber ja, ich zeige es Ihnen! Dabei sehen Sie auch gleich ihre Quoffs.«

Er schritt zu einem Nebengebäude.

Ausgezeichnet! Ein rund vier Meter hoher Raum mit einer Grundfläche von gut zehn auf zehn Metern. Keine Ahnung was darunter war, auf jeden Fall war der Raum vollständig mit Dielen ausgelegt.

Vor dem Gebäude gab es eine Feuerstelle. Das heute von ihm erlegte Wild, sie hatten es gleich an Ort und Stelle ausgenommen, konnte hier zubereitet werden.

*

Am nächsten Morgen rief er alle zusammen.

»Hier sind etwas über hundert Quoffs, die demnächst uns gehören. Dazu kommen acht spezielle Zaumzeuge, sodass wir vor jeden Wagen vier Zugtiere einspannen können. Zuerst laden wir die von mir vorab bestellten Möbel und Bretter auf! Bitte gleichmäßig auf vier Wagen verteilen! Die Damen suchen in der Zwischenzeit, der Stationsleiter wird euch kurz alles zeigen, die Sachen aus, die für uns brauchbar sind. Kosten spielen keine Rolle!«

Zinnkrüge und Becher, Kesselchen und Bratspieße und ... und

... und ...

Alle paar Minuten kamen sie angerannt, um zu fragen, ob sie dieses oder jenes haben könnten.

Sie konnten. Zusätzliche Quoffs wurden als Packtiere eingesetzt, Tragetaschen waren in großer Anzahl vorhanden.

Beim Rundgang fielen im vier Viertelkreise auf.

»Was ist das?«

»Ein speziell angefertigter Zeltboden nach Kundenwunsch, mit Zeltstangen, Feuereinsatz, und Zeltplane aus wasserdichtem Leder. Das Feiste vom Feinen. Doch der Kunde konnte nicht mehr zahlen. Andere auch nicht«, seufzte der Händler.

»Ich nehme es! Wir gehen jetzt in ihren Geschäftsraum und machen eine Zwischenrechnung! Zuerst einmal die Quoffs, die Möbel und was ich sonst noch bestellt habe sowie das Zelt!«

Eine halbe Stunde später wechselte eine erhebliche Goldmenge den Besitzer.

»Was jetzt auch immer noch dazukommt, zahle ich morgen. Nach dem Mittagessen fahren und reiten wir los!«

*

Vor ihnen lag ihr Zeltdorf.

In Gedanken ging er die letzten Tage durch. Mal abgesehen davon, dass sie einen Rad- und einen Achsenbruch hatten, gab es keinerlei Probleme! Unter den Wagen befanden sich Ersatzräder und -achsen. Nach wie vor sorgte er stets für frisches Fleisch. Kurz bevor sie an der Furt ankamen, ritt er voraus.

Bei ihrer Ankunft lag dort ein großer Haufen Fische, welche noch schwach zappelten. Nach überqueren des Baches hielten sie an, zündeten drei Feuer an und erprobten die neuen Bratspieße. Seine wie üblich im Tarnmodus unsichtbare Monitorkugel flüsterteihm auf standardgalaktisch zu:

»Dreißig Meter weiter oben befindet sich im Bach eine sandbedeckte Kuhle! Darunter befinden sich angeschwemmte Goldstücke!«

Schau mal einer an! Er wies die Damen an drei große Siebe von den Wagen zu holen, sowie eine Schaufel.

Die am nächsten stehenden Männer bekamen jeweils ein Sieb in die Hand gedrückt.

»Los, kommt mit!«

»Hier, Sir, sehen Sie den flachen Felsen n der Mitte. Hinter dem Stein, in Flussrichtung, graben!«

Er hob den Sand aus und ließ ihn durch die Siebe gleiten. Zwei Spatenstiche später wurde die Schaufel recht schwer. Langsam und vorsichtig hob er sie aus dem Wasser und bedeutete dem Mann, sein Sieb unter die Schaufel zu halten.

Jetzt ins fließende Wasser gehalten und geschüttelt.

Im Sieb lagen ein paar Steine und mehrere funkelnde Klümpchen aus reinem Gold! Sinoa, neugierig herangekommen, erhielt den Auftrag, schnellstens einen Lederbeutel zu holen.

Sie kam mit einer weiteren Frau zurück, keine Ahnung wie diese hieß, und machten sich gemeinsam darüber her, das Gold aus den Sieben zu nehmen und einzupacken.

Nach gut einer Stunde war das Vorkommen erschöpft.

»Nochmals fünfzig Meter bachaufwärts, Sir!«

Auch dieser Fundort wurde geleert.

Ihre Ausbeute? Unauffällig von seiner Monitorkugel gewogen, betrug knapp neunzehn Kilo!

Zurück an den Wagen rief er alle herbei, zeigte den Beutelinhalt und erklärte:

»Dies ist das wertvollste Edelmetall, das es gibt und heißt ›Gold‹. Die Quoffs, die Waren, alles wurde mit Gold bezahlt. Dieses Gold ist ungeheuer wertvoll! Sagt niemandem, woher ihr es habt, oder die Menschen kommen von überall her, um Gold zu waschen! Habt ihr verstanden?«

Anscheinend hatten sie esbegriffen, auf jeden Fall nickten sie zustimmend.

Sehr gut! Innerhalb der Gemeinschaft würde sich seine ›Goldquelle‹ rasch herumsprechen und niemand hatte einen Grund, nach der Goldader im Fels zu fragen.

Sie waren angekommen! Das begeisterte Rufen und Schreien riss ihn aus seinen Gedanken.

Zufällig fiel sein Blick auf den Badeteich. Mehrere Jungen und Mädchen schwammen und plantschten im Wasser! Ob die beiden Jungs, denen er das Schwimmen zeigte, etwa andere angeleitet hatten und ein paar Erwachsene sie an der Angel hielten? Jedenfalls war er das Thema ›Schwimmunterricht‹ zu seiner Freude los.

Zuerst mussten die vielen Quoffs untergebracht werden, was bedeutete, dass sie die Koppel erweitern sowie noch zusätzliche anlegen mussten. Danach war Möbel abladen angesagt. Die Teile für sein Zelt ausladen und am oberen Dorfende lagern. Weit weg vom Mief und den Tiergeräuschen! Da die ganzen Stammesmitglieder halfen, ergab sich mal wiedereinen großen Berg an Waren neben der Behausung des Häuptlings.

Für sich beanspruchte er lediglich einen Tisch, eine Bank und drei Stühle.

Als er sah, was die Damen, einige der Herren auch, eingekauft hatten, kam ihm der Gedanke, dass sie die Handelsstation völlig geleert hatten! Plötzlich fiel ihm auf, dass ein paar Mann andauernd mit dem Tränken der Quoffs beschäftig waren.

Über hundert Tiere! So ging das nicht! Zumal die Ziegen auch Durst hatten. Vier Mann eilends Schaufeln in die Hand gedrückt. Immer schön an der Felswand entlang, beginnend am Ende der Koppeln, ließ er sie eine Graben, vier Hand breit und genauso tief, ausheben. Weit oberhalb der Zelte wandte sich der Graben dem Bach zu. Einige Steine am Anfang des Grabens begrenzten die nun zu und durch die Koppeln fließende Wassermenge. Nun konnten die Ziegen und Quoffs trinken wann und wie viel sie wollten. Den Graben noch an einigen Stellen nacharbeiten und hinter den Koppeln verlängern. Danach sollte sich das Wasser, zumindest vorläufig, seinen Weg selber suchen.

Zufrieden rieb er sich die Hände.

*

Telentor der Häuptling, Temuchon der Zauberpriester, die zwei Stammesältesten und er, saßen an einem kleinen Feuer.

Dringende Entscheidungen standen an.

»Wir sind als Stamm viel zu klein für all die Quoffs und Wagen. Mein Vorschlag ist, dass wir den Arachos vierzig Quoffs und vier Wagen schenken. Wenn sie mehr möchten, müssen Sie für uns arbeiten. Sie gehen jagen und wir bezahlen in Gold. Sie fällen für uns verschiedene Bäume nach unseren Vorgaben, die wir ebenfalls bezahlen. Je nachdem wie fleißig sie sind, können sie viel Gold erwerben und dann ihrerseits auf der Handelsstation einkaufen. Wenn sie Heu machen, wir nehmen es gerne ab. Mit diesen Maßnahmen entlasten wir unsere Leute und den Arachos ist ebenfalls geholfen. Anderes Thema: Morgen bauen wir mein Zelt auf, ausgestattet mit einem Holzboden. Für Sie beide,« er sah den Häuptling und den Zauberpriester an, »bestellte ich ebenfalls die gleichen Böden mit Zeltstangen und Außenhüllen aus Leder. Dazu fünfundzwanzig geringfügig kleinere Böden für alle anderen Zelte hier. In fünf Tagen schicken wir vier Wagen los, um sie an der Station abzuholen. Einverstanden?«

Natürlich waren sie einverstanden.

*

Ein sechseinhalb Meter durchmessender Kreis.

Unauffällig von einer Monitorkugel überwacht, wurde die Grasnarbe ausgehoben und dafür gesorgt, dass die Fläche möglichst waagerecht lag. Die Viertelkreise waren schnell zusammengefügt. Darunter die mitgelieferten Vierkantbalken genagelt, eine Affäre von knapp einer halben Stunde. Jetzt erst bemerkte er die U-förmigen Einschnitte am Rand. Darin die Zeltstangen gesteckt, oben zusammengebunden und die lederne Zeltplane angebracht. Innerhalb einer Stunde war sein Zelt bezugsfertig.

Tisch, Bank und Stühle vor dem Eingang und davor eine kleine Feuerstelle, gut drei Mannlängen vom Zelt entfernt, umlegt mit Steinen.

Die in der Zeltmitte vorgesehene Feuerstelle war vorläufig durch eine Abdeckung verschlossen. Die Brandgefahr und das Risiko einer Kohlenmonoxidvergiftung waren ihm viel zu hoch!

Plötzlich fiel ihm was ein. Mist aber auch! Er hatte sich selbst völlig vergessen! Keine Felle oder Decken, keinerlei Geschirr, auch keine Truhen. Nun ja, er konnte auch nicht an alles denken.

Leise vor sich hinschimpfend saß er am Tisch. Was nun? Schon wieder zur Handelsstation? Nein! Darauf hatte er im Moment keineLust.

Oh nein, bekam er denn nie Ruhe? Telentor, Temuchon im Gefolge, kamen heran und setzten sich zu ihm. Eine Frau, ein Körbchen tragend, stellte drei Zinnbecher und einen Krug auf den Tisch. Fladenbrot und kleine Streifen kaltes Fleisch ergaben einen schönen Imbiss. Die Frau schenkte ein und entfernte sich wieder.

»Auf ihr Wohl, Antpui!«

Etwas zögernd begann der Häuptling:

»Wir sandten einen Boten an die Arachos. Sie kommen am frühen Nachmittag. Häuptling Muchard kommt mit Sohn, seiner Tochter Kilané, das bedeutet ›Kleine Sonne‹, und seinen Unterhäuptlingen.«

Aha, gut zu wissen, aber worauf wollte Telentor hinaus?

»Sinoa hat mir berichtet, dass Sie beim ersten Mal vor und nach der Furt einen Weg durch den Wald für die Wagen frei machen ließen.«

Na und? Der Häuptling druckste herum, ehe er mit seinem Wunsch herausrückte.

»Mit den Wagen kommen die Arachos niemals durch den großen Wald! Könnten ihre unsichtbaren Helfer vielleicht ...?«

So unrecht hatte der Häuptling nicht. Also sprach er laut in die Richtung, in der er seine Monitorkugel vermutete, natürlich in der ›Zaubersprache‹ standardgalaktisch.

»Wie an der Furt, zwei Wagen breit alle Bäume und Büsche auf Bodenhöhe durchtrennen! Die Stämme entasten und alles an der gewohnten Stelle hinter dem Hügel ablegen. Die Wegform so dem Gelände anpassen, dass die Fahrzeuge gut durchkommen! Eventuelle Gräben einebnen. Ausführen sobald unsere Besucher hier sind. Vorher überprüfen, ob sich jemand im Walde aufhält. Keine Zeugen!«

Telentor erschrak fast zu Tode, als über ihm eine sanfte, weibliche Stimme erklang. Er zitterte am ganzen Körper.

»Zeitdauer etwa eine Stunde, Sir!«

Er nickte zustimmend.

Mühsam würgte der Häuptling heraus.

»Ihre unsichtbaren Helfer können sprechen!«

»Nun beruhigen Sie sich wieder. Solange mich niemand angreift, sind sie völlig harmlos. Aber wehe dem, der aus dem Hinterhalt versucht, mir zu schaden!«

Telentor schluckte.

»Schlagt nachher in zweihundert Meter Entfernung einen Pfosten ein! Von da an steckt alle fünfzig Meter einen Ast in den Boden und markiert den Weg zum Eingang der Schneise durch den Wald!«

Seine zwei Zuhörer schwiegen.

Verblüfft sah er ein paar Frauen und zwei sich nähernden Männern entgegen.

Die Männer machten sich über seine Feuerstelle her, schlugen zwei Halterungen in den Boden und legten einen Bratspieß mit einem Holzgriff darüber.

Die Frauen marschierten schnurstracks in sein Zelt, bepackt mit Fellen, Decken und wenn er es richtig sah, mit einer kleinen Truhe voll Geschirr!

»Wir wollen, dass Antpui sich bei uns wohlfühlt!«, bemerkte Telentor grinsend.

Nett von seinen Stammesbrüdern, nicht wahr? Er bedankte sich, hob seinen Becher und stieß mit ihnen an.

»Auf uns und weiterhin auf eine erfolgreiche Zukunft!« Was zufrieden zur Kenntnis genommen wurde.

Laute Rufe ertönten.

»Die Arachos kommen! Die Arachos ...!«

Auf einen kurzen Wink in Richtung Dorfmitte und seine Besucher erhoben sich und begaben sich zum Beratungsfeuer.

Endlich allein!

Dachte er. Grinsend kam sein Unterführer, er war die seit der ersten ›Einkaufsfahrt‹, herangeschlendert und nahm auf seien Wink hin ihm gegenüber Platz.

»Muchard, der Häuptling der Arachos, hat seinen Sohn undseine Tochter Kilané sowie zehn Mann mitgebracht!«

Er reichte dem Mann - wie hieß der eigentlich? - einen Becher, den dieser durstig auf einen Zug leerte.

»Nachher ist Reitunterricht angesagt sowie Lenken der Wagen. Sie wollen heute noch nach Hause. Das Dumme: Sie müssen stundenlang den Wald umfahren. Mit den Wagen ist kein Durchkommen!«

Sorgenvoll sah der Mann drein.

»Siehst Du dort den Pfahl? Ja? Das ist der Beginn einer Wegmarkierung, die euch direkt durch den Wald führt, so wie bei unserer ersten Fahrt durch den Wald an der Furt!«

»Darf ich das unseren Besuchern sagen?«

»Aber ja!«

Keine fünf Sekunden später saß er wieder allein am Tisch.

*

In einem Halbkreis am Boden um das Feuer sitzend, erwarteten die Kiropees ihre Besucher.

Dies kamen gemessenen Schrittes heran und ließen sich, ebenfalls im Halbkreis, den Gastgebern gegenüber.

Beiden Häuptlingen wurde eine angezündete Pfeife gebracht. Fünf Minuten rauchten sie schweigend, bis Telentor seine Pfeife ausklopfte und sich erhob.

»Telentor begrüßt Muchard, den Häuptling der Arachos so wie seine Begleiter! Seid uns willkommen und ...!«

Er sprach gut zehn Minuten, eine rhetorische Meisterleistung. Seien Gäste vermochten kaum seiner Rede zu folgen. Zuviel Neues und Unerwartetes stürmte auf sie ein. All die bisher unbekannten Dinge wie Quoffs, Wagen und Metallwerkzeuge sollten ihnen gehören, ohne Verpflichtungen, nur im Namen der Freundschaft? Sie waren fassungslos! Wagen, Quoffs, das Zinngeschirr, Messer und Beile aus Metall, all das kannten sie bisher nicht! Dazu kam noch das Angebot, Gold zu verdienen?

Total geschlagen, zunächst zu keiner Antwort fähig, saßen sie da.

Langsam erhoben sie sich, folgten Telentor zu den Koppeln. Reiten lernen, Wagen lenken? Jetzt gleich? Ja bitte!

Häuptling Muchard stellte dafür fünf seiner Leute ab darunter seinen Sohn. Sinoa, die seither nur noch Augen für ihn hatte, war seine Reitlehrerin.

Die andern, sie konnte es kaum fassen, bekamen Messer, Beile und Äxte aus Bronze, Kupferkessel und Zinngeschirr.

Apropos Reiten, nacheinander stiegen sie alle in die Sättel. Jeder, ausnahmslos jeder, machte erst einmal Bekanntschaft mit dem Boden!

Während sich alle redlich abmühten, hatte er sich erstmalig in sein neues Zelt zurückgezogen. Im Einschlafen bemerkte er noch, dass sich Laira zu ihm legte.

*

Lautes Bellen weckte ihn.

Oh je, er hatte tief und fest geschlafen! Laira stand im Zeltausgang und verbellte jemanden. Gähnend stand er auf und schlug die Plane zurück.

Zwei unbekannte Arachos standen davor, ein junger Mann und ein Mädchen, furchtsam die Hündin ansehend. Hunde kannten sie wohl auch noch nicht!

»Laira, aus!«

Er streichelte sie kurz, worauf diese sich beruhigte, aber voll wachsam blieb.

Auf den Tisch deutend: »Setzt euch!«

Noch immer Laira scheu betrachtend nahmen sie Platz.

Wow! So eine schöne Dame hatte er schon ewig nicht mehr gesehen. Eine natürliche Anmut und Frische ausstrahlend, ganz im Gegensatz zu den aufgedonnerten Frauen in seiner Zeit. Er musste sich schwer zusammenreißen, um sie nicht allzu offensichtlich anzustarren.

Fragend sah er den Mann an. Dieser stellte sich und das Mädchen vor.

Aha, Häuptling Muchards Kinder. Was wollten die von ihm? Am Anfang recht stockend, danach immer flüssiger, trug er sein Anliegen vor.

»Wir erfuhren, dass alles, vom Wasser angefangen, von Ihnen kommt. Es fällt uns schwer, das zu begreifen. Im Namen beider Häuptlinge bitten wir Sie, zu uns an das Beratungsfeuer zu kommen!«

Nachdenklich blickt er zum Feuer. Dort ging es recht lebhaft zu, nicht sein Fall.

»Nein! Dort sind mir zu viele Leute, die keinesfalls zu wichtigen Beratungen gehören! Hört euch das Geschrei an! Was für ein ungebührliches Benehmen!«

Einen der Jungs, die sich seit Längerem stets in seiner Nähe herumtrieben, zu sich winkend.

»Hole mir die Männer, die den Wasserlauf zu den Koppelngruben, sofern sie Zeit haben, herbei. Sie sollen bitte ihre Schaufeln mitbringen!«

Wenige Minuten später standen vier Männer, ihn erwartungsvollansehend, bereit zur Arbeit.

»Kommt mit!«

Und an die Jungs gerichtet, die neugierig herumstanden:

»Dort, hinter dem Hügel liegen viele Baumstämme. Nehmt recht dünne und schneidet sie auf Armlänge zu und spitzt sie an!« Mit den Männern im Gefolge schritt er bachaufwärts, noch über die Stelle hinaus, an welcher der kleine Kanal nach rechts abzweigte.

Fünf Handbreit vom Bach entfernt begannen sie einen Graben auszuheben. Es dauerte recht lange, ehe die ersten Kinder, Mädchen waren zu seinem Erstaunen auch mit dabei, mit den Pflöcken ankamen. Er brauchte nichts zu erklären, sie machten sichselbständig daran, den Kanal mit Faschinen auszukleiden.

Da weitere Männer und Frauen freiwillig herbeikamen, auf seinen Wunsch auch für ihn eine Schaufel mitbrachten, ging es schnell voran, innerlich musste er lächeln, er, Flottenadmiral James Bolton, einst Herr über Tausende von Schlachtschiffen, hob mit Eingeborenen in weiter Vergangenheit einen Graben aus.

Seine Gespräche mit der Zeitkapsel drehten sich immer um den gleichen Punkt: Wann war er? Ganz sicher viel weiter zurück als geplant!

Nach einer Stunde ließ er abbrechen.

»Für heute ist Schluss! Wir graben Morgen weiter! Vielen Dank für eure Hilfe!«

Sein Blick fiel auf eine junge Frau.

»Kilané? Was machen Sie hier? Warum sind sie nicht bei ihrem Vater?«

Die Antwort kam schräg von hinten. Ahnungsvoll drehte er sich um. Sie an, Kalaté, der Sohn des Häuptlings der Arachos, verschwitzt und mit einer Schaufel in der Hand!

»Wir sind hier, um zu lernen! Ganz sicher müssen wir demnächst in unserer Siedlung auch solche Gräben wie hier an legen müsse. Es ist Spätnachmittag, zu wenig Zeit, um den Umgang mit den Quoffs und den Wagen zu lernen. Häuptling Telentor lud uns ein, über Nacht hierzubleiben. Drei Zelte sind leerstehend, die dürfen wir benutzen.«

»Vier Zelte, meines ist ebenfalls ungenutzt, ihr könnt es gerne haben!«

Kilané, von dem Angebot überrascht, fragte:

»Und wo schlafen Sie?«

Ohne ihr eine Antwort zu geben, drehte er sich um, ging zum Bach und lief diesen entlang, hin zum unteren See. Wie sah es eigentlich dort inzwischen aus?

*

Verblüfft sah hinter ihm her. Hatte er ihre Frage nicht gehört?

Ein Kiropee neben ihr bemerkte:

»Wenn wir Fragen zu Problemen haben, antwortet er sofort und erklärt uns alles. Aber Fragen, die ihn persönlich betreffen, beantwortet er niemals! Ganz am Anfang hat einer versucht, eine Antwort zu erhalten, aber es ist ihm übel bekommen!«

Der Mann entfernte sich in Richtung des zentralen Feuers. Da alle anderen schon weg waren, blieben Kilané und ihrem Bruder nichts andere übrig, als ihnen nachzufolgen.

›Na, warte‹, dachte sie, ›Morgen ist auch noch ein Tag! Ich will dich und früher oder später bekomme ich dich!‹

Mit diesen Gedanken beschäftigt, lief sie zufrieden hinter ihrem Bruder her. Sie hatte wohl bemerkt, dass dieser Sinoa mehr als bewundernd betrachtet hatte. Er und Sinoa, warum nicht?

*

Lautlos, unsichtbar, schwebte er in zehn Metern Höhe aber dem Wasser.

Die Monitorkugeln hatten hervorragend gearbeitet. Den See hatten sie auf rund zwei Meter Tiefe ausgehoben. Am unteren Ende hatten sie einen Verhau aus querliegenden Stämmen markiert, sodass der Bach ungehindert weiter fließen konnte. Die zukünftigen Seebewohner würden daraus einen Damm bauen, welcher den Wasserstand dann ansteigen ließ.

Am Zufluss breitet sich nach beiden Seiten ein Schilfgürtel aus.

Die Wasserpflanzen wuchsen schnell an.

Rund um das Gewässer stand ein rund hundert Meter breiter Gürtel aus Büschen und Bäumen verschiedener Größen, genau den Bedürfnissen seiner Bewohner angepasst.

Erste Fische und Frösche tummelten sich im See, wobei er hoffte, dass sich nicht alle bachaufwärts oder abwärts verdünnisierten.

In zwei Wochen war alles in dem Biotop bereit für den letzten Schritt:

Das Einsetzen von drei Biberpärchen!

Eine effektivere, natürlichere Wasserstandsregelung gab es nicht! Das Biotop würde ganz von selbst wachsen und gedeihen. Allerdings musste er aufpassen, dass weder die Arachos noch die Kiropee auf den Gedanken kamen, den Speisezettel um Biberbraten zu erweitern.

Ein öffentlich ausgesprochener Fluch? Außerdem: Baden verboten!

*

Der zweite Graben machte rasche Fortschritte. Natürlich platzten fast alle vor Neugier, aber er dachte nicht daran, dessen Sinn und Zweck zu erklären.

Sie hätten es allein von der Beschreibung her kaum begriffen. Kilané und ihr Bruder standen am nächsten Morgen zum Weitergraben bereit. Gnadenlos wies er sie ab. Ihre vordringliche Aufgabe bestand ab sofort darin, den Umgang mit den Quoffs und den Wagen zu lernen. Nach dem Mittagessen wollten die Arachos sich auf den Heimweg machen! Mit den beiden! Murrend zogen sie ab.

Zufrieden sah er hinter ihnen her. Vor ein paar Tagen ...

Dreihundert Kilometer von den Kiropee entfernt, befand sich ein Schreiner mit einem wasserbetriebenen Sägewerk. Nicht dass die Sägeblätter aus Bronze lang hielten, aber mit weichem Holz und öfterem Nachschärfen, gab es jede Menge fingerdicke Bretter. Kreuzweise mit Knochenleim verklebt, wiesen die so erhaltenen Bretter eine hohe Stabilität auf. Zumindest ausreichend für seine Zwecke.

Nach zwei Stunden Diskussion mit dem Schreiner einigten sie sich. Da er vorab großzügig mit kleinen Goldbarren bezahlte, würde sein Auftrag vorrangig behandelt. In vier Tagen sollte er wiederkommen.

Aber zuerst zurück zum Graben. Gegen Abend lag dessen Ende gut tausend Mannlängen vom Dorf entfernt. Auf jeden Fall noch zunahe. Was hieß, morgen noch einmal weitergraben.

Das Dorfleben verlief ruhig. Während die einen schaufelten, gingen andere jagen, pflügten Felder um, versorgten die Tiere. Die Gänse begannen zu brüten, erste Küken schlüpften.

Alles in allem lief es wie gewünscht.

Zwei Tage später kamen mehrere Arachos. Seitlich der Stelle, an welcher der Weg durch den Wald begann, rief er sie zusammen.

»Durchsucht den Wald nach trockenem Holz und legt es hier ab. Je mehr ihr findet, desto besser! Eine Ausnahme: Das Biotop um den See darf nicht betreten werden! Es ist mit einem tödlichen Fluch belegt! Verstanden?«

Sie nickten erschrocken und machten sich auf die Suche.

*

Einen Tag später war der Graben lang genug und von Anfang bis Ende mit Faschinen ausgekleidet. Noch in dieser Nacht würden seine nimmermüden Helferlein zwei hintereinanderliegende flache Gruben am Grabenende ausheben. Das Wasser sollte durch diese hindurchgeleitet, dabei stark abgebremst werden. Nach der zweiten Grube sollte sich das Wasser seinen weiteren Weg selbst suchen, das Land bewässern.

In nächster Nähe zum Zeltdorf verhinderten mittelhohe Büsche, in zwei Mannlängen Abstand zum Graben, den Blick auf diesen. Genau wie geplant. Jetzt noch am Grabenanfang den Durchstich zum Bach herstellen. Glatt und gleichmäßig strömte bis zu den Gruben, füllte diese langsam und floß dann ungehindert weiter. Da die Wassermenge verhältnismäßig gering war, versickerte sie alsbald im knochentrockenen Boden.

Er selbst hatte sich umgestellt. Seine Raumuniform, die er noch immer unter der Fellkleidung trug, legte er endgültig ab, diese verblieb in der Zeitfähre. Unter seiner Eingeborenenkleidung trug er nur noch seinen silbernen

Einsatzgürtel. Sehr zu Lairas Freude nächtigte er überwiegend in seinem Zelt, während sie im Eingangsbereich lag, in bewachend.

Am Morgen sprang er mit einem flachen Hechtsprung in den Badesee und kraulte ein paarmal hin und her. Ah, das tat gut.

Danach zweimal hin und her im Schmetterlingsstil, zum Abschluss nochmals gekrault, ohne auf seine Umgebung zu achten. Nun, ja. Drei Frauen und zwei Männer, alle nackt, hatten ihm zugesehen. Er seinerseits trug einen Lendenschurz, welcher den Silbergürtel jedoch nicht verbarg. Egal. Sie sahen ihn neugierig an, aber sie wagten nicht, ihn auszufragen. Er zog sich an, lächelte freundlich in die Runde und sah zu, dass er zu den Zelten kam.Jetzt war erst einmal frühstücken angesagt!

Nach dem Frühstück rief er so viele Kiropee wie möglich zusammen.

»In wenigen Tagen werden die ersten Gänseküken schlüpfen! Solange sie noch klein sind, darf niemand sie berühren. Nachher bitte ich um Freiwillige, wir werden die Einzäunung des Gänseweihers deutlich vergrößern. Zudem erhält der neue Zaun eine Tür. Die Gänse dürfen später unter Aufsicht tagsüber frei herumlaufen! Danke!«

Bereitwillig liefen die ersten los, um Pfosten und Zweige zu besorgen. Zwei Stunden später wies das Gehege der Gänse die dreifache Größe auf. Ohne dass die Kiropee es bemerkten, füllten seine Monitorkugeln den Weiher mit weiteren Wasserpflanzen sowie allerlei Kleingetier aus Tümpeln in der Nachbarschaft.

Anschließen forderte er drei kräftige Männer auf:

»Holt Beile und Sägen und kommt mit!«

Gleich darauf waren sie mit den verlangten Werkzeugen zurück. Gemeinsam schritten sie zum Wald, dorthin, wo die Arachos das trockene Holz ablegten. Auf ein Stück helles, gegerbtes Fell hatte er aufgezeichnet, wie sie das Holz schichten sollten.

Für den Anfang ging es recht gut. Schicht um Schicht wurde angehäuft. Anschließend wurde alles mit Erde fest abgedeckt, mit Ausnahme zweier kleinen Öffnung eine dicht am Boden und eine oben.

»Das nennt man einen ›Kohlenmeiler‹. Wir zünden das Holz jetzt an. Das Holz ›verkohlt‹, denn ohne ausreichende Luftzufuhr verbrennt es nicht. Der Vorgang dauert bis zu neun Tage, wobei im Inneren des Meilers eine extrem große Wärme entsteht. Mit Holzkohle, später, wenn sie erkaltet ist, lassen sich heißere Feuer erzielen, als wie mit normalen Holz. Es gibt eine weitere Anwendung, die zeige ich euch, wenn es so weit ist! Und jetzt bleiben bitte zwei von euch als Wächter hier, die aufpassen, dass sich niemand am Meiler zu schaffen macht. Nachher spreche ich mit dem Häuptling, dass er für regelmäßige Ablösung der Wächter sorgt. Ach ja, bleibt bitte mindesten zehn Längen vom Meier entfernt. Wenn er plötzlich frei zu brennen beginnt, kann es geschehen, dass er glühende Holzkohle von sich schleudert!«

*

Die Sache mit der Wachablösung war schnell organisiert.

Natürlich rannten viele Neugierige los, um den Meiler zu bestaunen, kamen aber nach kurzer Zeit enttäuscht zurück. Nur ein warmer Erdhügel. Langweilig.

Er selbst stand an dem neuen Graben an der Stelle, welche durchHecke verdeckt wurde. Beidseitig glättete er die Uferränder, brachte sie auf gleiche Höhe, dabei absolut waagrecht, wobei eine der Monitorkugeln alles vermaß und ihm zuflüsterte, wo noch etwas wegzunehmen sei.

Als er fertig war, setzte die samt Fracht im Tarnmodus über ihm fliegende zweite Monitorkugel das Ergebnis vorsichtig über den Kanal. Hervorragend!

Genau wie er es sich vorgestellt hatte, standen nun neun Toilettensitze über dem Graben. Die Löcher in den Brettern leicht oval und mit abgerundeten Kanten ermöglichten ein bequemes Sitzen. Zwischen den Sitzgelegenheiten hatte der Schreiner Trennwände eingefügt, nicht zu hoch, sodass man sich bei der Verrichtung seiner Notdurft mit den Nachbarn unterhalten konnte. Die Ausscheidungen fielen in das darunter durchfließende Wasser und wurden weggespült, am Ende in den zwei Becken am Kanalende abgelagert. Klärgruben sozusagen. Die Hecken vor den Aborten schirmten die Ansicht vom Zeltdorf her ab. Nachdem er einem der Kiropee den Sinn und Zweck der Anlage erklärt hatte, standen sie Schlange, um auch mal ...

Nachdem so gut wie alle Kiropee die Toiletten getestet hatten, musste er einsehen, dass ihm ein grober Fehler unterlaufen war. Er bestellte schnellstens noch eine weitere Einheit, eine für die Damen, eine für die Herren. Die Frauen wollten beim Plausch unter sich sein. Außerdem, eine weitere Latrine auf der gegenüber liegenden Talseite, nach den Ziegen- und Quoffkoppeln, wäre wünschenswert.

Immerhin wurde die Wasserqualität des Baches im Dorf deutlich verbessert, nachdem er energisch verboten hatte, die Notdurft oberhalb des Dorfes zu verrichten. Auch nicht im näheren Umkreis des Badesees!

Vor seinem Zelt sitzend, überlegte er die nächsten Schritte.

Die Kiropees standen, kurz bevor er kam, vor ihrem baldigen Ende. Zu wenig Wasser, zu geringer Ertrag der wenigen angelegten Felder. Jetzt, mit pflügen und planmäßiger Bewässerung verringerten sich die Ernährungsprobleme von Tag zu Tag. In der Handelsstation kauften sie Getreidesamen und legten weitere Felder an. Die Kiropee entwickelten sich von mehr oder weniger erfolgreichen Jägern zu begeisterten Farmern. Salat und Gemüse wurden angebaut, Büsche mit Beeren, fruchttragende Bäume gepflanzt.

Der Kohlenmeiler? Mit der aus der Holzkohle gewonnenen Lauge und möglichst reinem Fett erhielten sie Seife. Was zu einem heftigen Donnerwetter seinerseits führte. Viele, vor allem Frauen, konnten nicht genug bekommen und hätten sich am liebsten den ganzen Tag gewaschen.

Widerwillig sahen sie ein, dass man sparsam damit umgehen musste.

Die Lauge ....

Natürlich hatte er davor gewarnt. Aber sie hatten ihn nicht ernst genommen. Nach den ersten schmerzhaften Verätzungen hatten siees begriffen. Schwamm drüber!

*

»Sir, es sind noch viele Fische im Biotop! Sie sollten jetzt dennächsten Schritt freigeben!«

Seine Monitorkugel hatte sicherlich recht. Es machte keinenSinn, die Sache weiter vor sich herzuschieben.

Vom Badesee her kam fröhliches Gelächter. Also auf zum Biotop laufen, an den Badenden vorbei. Dachte er.

Kilané stieg nackt, wie sie war, aus dem Wasser und kam auf ihn zu. Bei ihrem Anblick bekam er Schluckbeschwerden.

Zögernd begann sie: »Antpui?«

»Ja, Kilané, was gibt es?«

Für einen Moment wirkte sie verunsichert, aber nach wenigen Sekunden hatte sie sich gefangen.

»Antpui, Sie schwammen neulich ganz anders, als Sie es uns zeigten. Viel schneller und gleichmäßiger. Bitte, wir würden das gerne lernen, bitte!«

Nach kurzem Nachdenken gab er zur Antwort:

»Die eine Form, sie wird ›kraulen‹ genannt kann ich euch beibringen. Die andere erfordert zu viel Kraft und wird nur auf kurze Entfernungen zu Wettkampfzwecken benutzt.«

Kurz sah er sich um und winkte die beiden Jungen heran, welchen er die Grundzüge des Schwimmens beibrachte.

»Habt ihr die Schwimmhilfen, genauer die Holzbündel noch?«

Sie hatten, denn damit lernten nach wie vor weitere Kiropees schwimmen. Genau wie beim ersten Mal mussten sie sich auf den Rücken eben ihn liegen.

»Zuerst den Fuß strecken dann anziehen. Jetzt wie die Schwimmflossen beim Fisch. Schaut her!«

Fünf Minuten lang übten sie.

»Genug! Jetzt ab ins Wasser und an den Hölzern festhalten. Jetztden Beinschlag locker aus den Hüften heraus. Wenn ihr es richtig macht, schwimmt ihr von selbst los!«

Nun ja. War doch schwieriger als wie beim Brustschwimmen. Der eine kam, wenn auch nur langsam, voran. Der Zweite gelangte nicht vom Fleck. Andere, Kilané vornedran, wollten auch mal.

»Halt! Nicht gegenseitig wegnehmen! Fertigt euch genügend weitere Schwimmhilfen an. Im Wasser ist ausreichend Platz für alle!«

Immerhin besaß nach rund einer halben Stunde ein jeder sein Holzbündel und sprang in den See. Ergebnis mehr als mangelhaft. Zähneknirschend stieg er in den See und schnappte sich einen der Jungs.

»Los, gegen das Ufer! Jetzt passt auf! Eins: Zehen nach vorne, Knie leicht anziehen. Zwei: Knie strecken, Zehen nach unten und das gesamte Bein aus der Hüfte heraus nach unten schlagen. Das Ganze jetzt langsam und abwechselnd mit beiden Beinen. Los!«

Na also, ging doch. Kilané, sie hatte alles genau beobachtet, kamheran.

»Bitte zeigen Sie es mir auch!«

Keinesfalls erfreut griff er zu. Ganz vorsichtig!

Sie lernte recht schnell. Gut, nichts wie auf Abstand gehen.

»Alle mal herhören! Wer glaubt, dass er es kann, schwimmt jetzt einmal quer über den See und zurück! Los!«

Sieben versuchten es. Immerhin kamen vier davon einigermaßen schnell zurück.

»Ihr vier kommt mit mir! Alles raus aus dem Wasser und abtrocknen! Erst einmal Pause für jeden!«

Interessanterweise war Kilané die Zweitschnellste.

Er ging mit seinen ausgewählten Schülern zu Seite. Trockenübungen für Armbewegung und Atmen. Ein Blick hoch zur Sonne. Bald Mittag, Essenszeit!

»Ihr vier geht nochmals in den See und zeigt, was ihr gelernt habt. Danach ist Schluss für heute!«

Ein paar Minuten sah er ihnen noch zu, aber das Ergebnis war durchaus zufriedenstellend.

Jetzt hieß es üben, üben und nochmals üben. Ohne ihn.

*

Irgendwie fühlte er sich nicht besonders wohl. Ob ihm der Braten nicht bekam?

Also gab es nur eines: Ab ins Zelt und ein Mittagsschläfchenhalten. Mit Laira. Diese legte sich vor das Zelt, es bewachend.

Kaum hatte er sich auf den weichen Fellen bequem gemacht, war er auch schon tief eingeschlafen.

Kilané sah ihre Chance. Jetzt oder nie.

Ein großer Knochen mit viel Fleisch daran. Langsam ging sie zuLaira hin, ihr das Futter lockend entgegenhaltend. Was diese bewog, den Zelteingang freizugeben, ihr entgegenzukommen und sich über das Futterangebot herzumachen.

Klasse! Vorsichtig huschte sie in das Zelt, von der eifrig fressenden Laira ignoriert.

Behutsam legte sie sich zu Antpui, sich zart an ihn schmiegend. Kurz darauf schlief sie ebenfalls tief. Das Schwimmen hatte sie angestrengt.

*

Irgendjemand pustete ihm ins Ohr, dabei leise schnarchend. Ein weiches, warmes Ewas, welches einen Arm um ihn gelegt hatte.

Kilané!

So einfach ging es nicht. Ganz vorsichtig hob er ihren Arm an und drehte sich weg. Ein kurzer Tastendruck auf seinen Gürtel und er wurde unsichtbar. Schnell raffte er seine Bekleidung zusammen und eilte er aus dem Zelt. Eine zweite Eingabe und er wurde schwerelos. Fröhlich lächelnd flog er zum Biotop. Im Schutz der Bäume wurde er wieder sichtbar und zog sich an. Anschließend lief er zum Rand der Wasserfläche und setzte sich auf einen der herumliegenden Baumstämme.

Endlich geschafft! Laut sprach er in die Richtung, in der er seineihn stets begleitende Monitorkugel vermutete:

»Es ist so weit. Holt die drei ausgesuchten Biberpaare und setzt sie hier ein!«

Gespannt beobachtete er den See. Keine zwei Minuten später platschte es vernehmlich, schlug die Wasseroberfläche große Wellen. Aus knapp einem Meter Höhe hatte die Monitorkugel einen in ihrem Antigravfeld mitgeschleppten Biber fallen gelassen! Da beide Kugeln je ein Tier holten, war die Aktion ›Biber einsetzen‹ schnell gelaufen.

Minutenlang geschah nichts.

Da! Am Schilf kam vorsichtig ein Biber zum Vorschein und sah sich um. Nach und nach kamen alle zum Vorschein und schwammen leicht verstört wirkend im See herum. Misstrauisch verließ der Erste das Wasser und stieg an Land und begann zu fressen. Nach und nach folgten die Anderen seinem Beispiel. Nach einiger Zeit begannen sie die herumliegenden Baumstämme anzunagen und zu zerkleinern. Er schaute noch eine Zeitlang zu und beobachtet, dass die Biber damit begannen, den Damm am Ende des Sees zu verstärken. Die hohe Fließgeschwindigkeit behagte ihnen anscheinend überhaupt nicht!

Plötzlich fiel ihm ein, was er vergessen hatte. In den flachen Ufern konnten sich dir Tiere keinen Bau graben!

70

Die Monitorkugeln mussten sich nach verlassenen Biberburgen umsehen und sofort herbringen!

Irgendwo mussten die Biber wohnen!

Es dauerte gut eine halbe Stunde, bis plötzlich über einer nicht allzu tiefen Stelle ein Biberbau stand. Sofort schwammen die Tiere hin und untersuchten das Gebilde. Und begannen es instandzusetzen. Fein, sehr fein!

*

Schade dass es nicht geklappt hatte. Aber eines war klar, Antpui wollte nicht! Und sie hatte sich endgültig verraten. Ganz sicher würde er ihr zukünftig weit aus dem Weg gehen. Sie zog sich an und verließ das Zelt. Leider nicht unbemerkt. Aber darauf kam es jetzt auch nicht mehr an.

Wo war er eigentlich? Eine Befragung der Umstehenden erbrachte nichts.

Na schön, vielleicht ein anderes Mal. Sie würde es immer wieder versuchen.

*

Genial, einfach genial!

Er hatte sich das Bronzemonopol der Kertans genauestens angesehen.

Ein Patriarch stand einer weitverzweigten Familie vor, die alles besaß und streng in autarke Bereiche aufgeteilt hatte.

Als Erstes waren da die Minen und Bergwerke, zuständig zur Förderung von Kupfer, Zinn, Zink und was es da noch so gab. Dieser Abteilung unterstand auch die Suche nach weiteren Erzvorkommen. Parallel dazu gab es

Anlagen zur Produktion von größeren Mengen an Holzkohle. Eine interne Transportabteilung brachte die Materialien zu den Schmelzöfen, welche wiederum einem Familienmitglied unterstand. Wobei die Gießerei und Werkzeugmacherei ebenfalls eine eigenständige Abteilung darstellte. Eine zentrale Wartungseinheit reparierte oder hielt übergeordnet alles in Stand, von der Förderung an bis hin zum kleinsten Werkzeug in der Produktion.

Die personenmäßig größte Gruppe hatte ein Direktvertriebsmonopol eingerichtet, dadurch den Zwischenhandel ausgeschaltet. Dafür errichteten sie ein Handelsnetz mit eng miteinander verknüpften Handelsstationen.

Hinzu kam, dass die Leiter dieser Stationen nur von Kertans besetzt wurden.

Seit mehreren Generationen ein erfolgreiches und bewährtes Prinzip. Und garantiert nicht in der Lage auf neue Herausforderungen zu reagieren. Der Patriarch und die übrigen Familienmitglieder würden stur an den ›bewährten Prinzipien‹ festhalten. Bis sie bemerkten, dass sie den Anschluss an neue Technologien verpasst hatten, war es dann längst zu spät! Wobei er sich vornahm, schamlos Organisationsstrukturen und Verfahren zu kopieren.

Zuerst musste er für eine höhere Hitze sorgen, als die Holzkohle lieferte. In etwa sechzig Kilometer Entfernung, in südlicher Richtung, gab es ein offen zu Tage tretendes Steinkohlenflöz.

Schluss mit lustig! Ab heute würde alles in Knochenarbeit ausarten.

Mit acht Mann, Hacken, Schaufeln und zwei Wagen sowie Proviant für mehrere Tage zog er los. Einer der Wagen war mit Holzkohle beladen.

In der Nähe der Steinkohle war eine ebene Fläche. Zuerst hieß er sie, so große Steine wie sie tragen konnten, herbeizuschaffen. Vier Steine in der Mitte angeordnet, darum herum mit zwei Mann einen mehrere Finger hohen Kreis aus Holzkohle aufgeschüttet.

Die anderen sechs begannen den zweiten Wagen mit der aus dem Flöz herausgeschlagenen Kohle zu beladen. Nicht allzu viel, denn die Quoffs mussten den Wagen noch ziehen können.

»Alle mal herhören! Dies wird im Prinzip ein Meiler, wie sie ihn bereits kennen. Statt Holz nehmen wir Steinkohle oder Braunkohle. Die Kohle schichten wir genauso auf, wie bisher das trockene Holz. Mit jeder Schicht setzen wir Steine in die Mitte. Beim nächsten Mal nehmen wir einen luftdurchlässigen Turm, gebaut aus mit einem Abstand aufeinandergelegten Ziegelsteinen. Auf dem Weg hierher sind wir an einer Lehmgrube vorbeigekommen. Dort errichten wir eine Ziegelei, im Prinzip ist das eine Fertigung zur Herstellung von Baumaterialien aus Mauerziegeln. Der Lehm wird gebrannt. Demnächst werden wir große Mengen an gebrannten Ziegeln benötigen!«

Eine weitere Tagesreise nach Süden gab es Eisenerz, somit hatte er theoretisch alles zusammen, was zur Gewinnung von Eisen notwendig war. Sein Ziel war schmiedbares Eisen! Bis es so weit war, würden allerdings noch viele Monate vergehen.

Zur Hölle mit der Bronzezeit! In einem Jahr würde er die Eisenzeit einleiten!

Ab sofort gingen die Probleme in großem Umfang los:

Woher alle die Arbeiter nehmen und versorgen? Ob bei den Koksmeilern, der Ziegelei, den Erzgruben, ganz zu schweigen von der Verhüttung, würden kleine Ansiedlungen entstehen, mussten Unterkünfte gebaut werden.

Die enormen Anlaufkosten waren kein Problem. Seine Monitorkugeln hatten den Bach mit den Goldtaschen abgeflogen und tonnenweise Gold geborgen. Von überall herkommende Schürfer waren das Letzte, was er in seiner Nähe haben wollte. Wenn sie nichts fanden, würden sie von selbst wieder abziehen. Oder als Arbeiter bleiben.

Bis die Eisen- und Stahlherstellung Gewinn bringen würde, konnte noch eine lange Zeit vergehen. Mit dem nahezu unbegrenzten Zahlungsmittel Gold, bedeuten die Investitionen keinProblem! Allerdings war Rohgold nicht alltagstauglich.

Beim Besuch der Münzprägeanstalt der Kertans stellte sich heraus, dass sie ihm Münzen in jeder gewünschten Anzahl und Größe anfertigen konnten. Ein großzügiger Barren des begehrten Edelmetalls, ohne Zeugen über den Tisch gereicht, - nein, nein, keine Bestechung, sondern lediglich ein Zeichen seiner Wertschätzung, - und das Geschäft war schnell abgeschlossen. Er würde regelmäßig an die hundert Kilogramm Gold vorbeibringen und nach einiger Zeit achtzig Kilogramm Münzen erhalten. Der Rest war die Entlohnung der Prägeanstalt. Natürlich waren die Münzen verschiedener Größen, unterschiedlicher Legierungen und Materialien wie Gold, Goldsilber, Goldkupfer, reines Silber, reines Kupfer. Der Wert wurde mit aufgeprägt. Auch wenn es erst einmal keiner lesen konnte.

Zuhause musste er als Nächstes ein Büro einrichten, welches sowohl Materialbeschaffungs- als auch die Auszahlung der Löhne übernahm.

Dazu gleich noch ein zweites Büro, das für die Versorgung der Arbeiter mit Lebensmitteln und Unterkünften sowie sonstige Belange zuständig war. Er selbst würde sich primär um technische Probleme kümmern.

Als ersten Engpass erwies sich die Kapazität der Ziegelei. Er gratulierte sich zu dem Einfall, die Ziegelabmessungen der Kertans übernommen zu haben. Was ein paar Goldstückchen nicht alles bewirkten. Einige Bröckchen hier, andere da und die Leiter der kertanschen Ziegeleien waren recht angetan von der Möglichkeit, ihre Lager zu räumen. Den Transport führten, unsichtbar wie immer, die Monitorkugeln durch.

Nach wenigen Wochen lieferte der ›Rennofen‹ das erste Eisen beziehungsweise Stahl und läutete das Ende der Bronzezeit ein! Koks? Eisenerz? Kein Problem und so ließ er umgehend zwei weitere Rennöfen, von Anfang an deutlich verbessert, aufbauen.

Durch entsprechende Beschickung konnte Stahl mit ein oder zwei Prozent Kohlenstoff leicht hergestellt werden. Womit er das nächste Problem hatte: Es gab bisher keine Schmieden!

Schmiede auch nicht!

Die fünf kräftigsten Männer der Kiropees und der Arachos erhielten ohne ihr Wissen eine in Hypnose durchgeführte Ausbildung zum Schmied. Nach wenigen Stunden besaßen sie alles, was sie für das erste neue Handwerk auf diesem Planeten an Wissen benötigten. Zuerst unbeholfen, im Verlauf der Tage immer sicherer werdend. Wie hieß doch gleich das alte Sprichwort? Übung macht den Meister!

Nachdem sie immer geübter wurden, entstanden erste Messer. Zuvor jedoch gossen sie die von ihnen selbst benötigten Werkzeuge. Mehrere Hammerköpfe in verschiedenen Größen und Ambosse beispielsweise, mit denen sie wiederum Schmiedezangen herstellten. Danach allgemeine Werkzeuge wie Hacken, Spaten, Schaufeln, Pflugscharen, Meisel, Sensen sowie haltbare Lager für die Räder der Wagen. Die bisherigen Kupferlager hielten nicht lange vor.

Schwerter? Nein danke, ja keine Waffen!

Nachdem der ›Eigenbedarf‹ gedeckt war, bauten sie Verkaufsstände auf. Und luden die Händler, welche sich in der Gegend herumtrieben, die Arbeiter mit dem täglichen Bedarf versorgten, zur Warenvorstellung ein.

Minuten später waren sie ausverkauft! Und mussten die Käufer auf später vertrösten. Immerhin stand fest, dass Messer auf der Wunschliste an erster Stelle standen. Erste Sonderwünsche tauchten auf. Könnte man vielleicht dieses oder jenes ...?

Alles in allem ein voller Erfolg!

Zudem lief ein reger Tauschhandel an. Eisen gegen Wagen und Quoffs beispielsweise. Schmieden konnten sie es selber. Dachten sie zumindest. Nun, mit der Zeit würden sie es lernen. Zumal sie bei den hiesigen Schmieden lernen durften.

*

Der Patriarch der Kertans hatte den inneren Rat der Familie einberufen.

Vor ihm lagen zwei Blöcke Eisen beziehungsweise Stahl sowie zwei geschmiedete Messer.

Grimmig in die Runde blickend.

»Ein Stamm namens Kiropee, etwa fünf Tagesreisen südlich unserer äußersten Handelsstation, stellt Gegenstände aus sogenanntem Eisen, wie sie es nennen, her. Das Material ist deutlich härter als unsere Bronze und stellt eine Bedrohung unsererGeschäfte dar. Seht es euch an. Ich erwarte in den nächsten Tagen Vorschläge, wie wir auf diese Situation reagieren sollen. Zu eurer Information fasse ich zusammen, was bisher bekannt bist!«

Er nahm einen kräftigen Schluck aus dem vor ihm stehen Silberkelch.

»Hinter all den Vorgängen scheint der Schamane der Kiropees zu stecken. Anscheinend hat der eine Goldader oder was auch immer gefunden und bei der Handelsstation eingekauft. Alle freuten sich über das prächtige Geschäft und keiner hakte nach. Er ließ sogar Münzen bei uns prägen, kaufte Werkzeuge und sonst noch allerlei. Niemand fragte nach. Da der Schamane sein Wissen vollständig an zwei der südlichen Stämme weitergab, diese es ihrerseits weiterleiten, ist es zu spät für eine gewaltsame Aktion. Das Wissen um die Eisen- und Stahlherstellung sowie deren Bearbeitung lässt sich nicht mehr unterdrücken. In letzter Zeit gingen unsere Verkaufszahlen merklich zurück. Vor mir, auf dem Tisch, liegt der Grund. In den südlichen Bereichen fragen die Kunden nach Waren aus Eisen oder Stahl. Dort ist der Verkauf unserer Produkte so gut wie auf Null zurückgegangen!«

Der Patriarch fixierte jedes einzelne Familienmitglied.

»Wir treffen uns in zwei Wochen zur gleichen Zeit wider. Dann erwarte ich eure Vorschläge. Geht jetzt!«

Nachdem er allein war, stützte er seinen Kopf in beide Hände, schloss er die Augen und dachte nach. Was hatte er übersehen?

Ob Handelsstation oder Münzprägung sowie sonstige, die Abrechnungen waren stets korrekt. Dass der Kunde durch überhöhte Preise übers Ohr gehauen wurde, wo es ging, war übliche Praxis. Trotzdem ...

Was hatte er übersehen?

Plötzlich knirschte er mit den Zähnen. Seine Kollegen waren schlicht und einfach korrupt!

Garantiert schob der Kunde vorab etwas Gold über den Tisch, welches stillschweigend privat einbehalten wurde. Kleine oder auch größereGeschenke erhalten die Freundschaft. Weshalb niemand seiner Mitarbeiter nach dem Sinn und Verwendungszweck nachfragte, ja sogar die für ihn nützliche Handelsbeziehung stillschweigend ausbaute. Und der dämlichen Zentrale fiel natürlich auch nichts auf, zumindest nicht, solange die Zahlen stimmten.

Jetzt, im Nachhinein, konnte er nichts mehr beweisen. Korruption war ein menschliches Grundübel. Frei nach dem Spruch: Raff was du kannst!

*

So langsam wurde das Projekt ›Eisenzeit‹ immer mehr zu einem Selbstläufer. In größerer Entfernung gab es ebenfalls Steinkohle und Eisenerze. Was manche seiner bisherigen Mitarbeiter bewog, dorthin zu ziehen und sich selbstständig zu machen. Kunden gab es mehr als genug!

Allerdings musste er aufpassen, dass ihm nicht zu viele wegliefen und diese rechtzeitig durch neue lernbegierige Männer ersetzt wurden.

Apropos Männer ...

Neben den kräftezehrenden Grobschmieden etablierte sich neben der ersten Schmiede eine Feinschmiede. Aus einer Legierung von Gold und Bronze entstanden Ringe, Armreifen und Ketten, einzig und allein zur Anwendung als Schmuck! Angefertigt von Frauen! Sieh an, sieh an! Zu nichts zu gebrauchen und dennoch in der Damenwelt ab sofort heiß begehrt!

Mit grimmiger Freude stellte er fest, dass die Damen mit einem derartigen Erfolg nicht gerechnet hatten und kurz darauf heillos überfordert waren. Erschwerend kam hinzu, dass sie ihre Verkaufspreise viel zu niedrig angesetzt hatten.

Natürlich sah er es kommen. Mit den viel zu geringen Einnahmen konnten sie sich ausreichend Bronze leisten, Gold hingegen nicht.

Und da sie keine Kaufleute waren ...

Gemütlich saß er vor seinem Zelt am Tisch, einen dickbauchigen Krug mit kühlem Fruchtsaft und einem Zinnbecher. Mit geschlossenen Augen döste er vor sich hin, bis er sich nähernde Schritte vernahm.

Aufblickend sah er die drei Feinschmiedinnen.

Auf seinen Wink hin, nahmen sie am Tisch Platz. Auf Krug und Becher deutend.

»Bitte bedienen sie sich!«

Nachdem sie getrunken hatten, fragte er:

»Was kann ich für sie tun?«

Verlegen sahen drei Frauen sich gegenseitig an. Bis eine mutig zugab:

»Wir haben kein Gold mehr!«

»Ach ja, und wozu braucht ihr Gold?«

»Für unsere Schmiede! Ohne Gold können wir keinen Schmuck mehr herstellen!«

Das klang ziemlich vorwurfsvoll. Na wartet, dieser Ton wird euch gleich vergehen, dachte er.

»Interessant! Wer hat euch den Auftrag zur Schmuckherstellung gegeben? Derjenige muss das Grundmaterial liefern! Ihr bekommt von diesem einen festgelegten Arbeitslohn und was ihr herstellt, gehört ihm. Er verkauft es und legt die Preise so fest, dass sie kostendeckend sind! Also, wer gab euch den Auftrag?!«

Entgeistert sahen ihn die Frauen an. Natürlich hatten sie keinen Auftrag und auch keine Ahnung von Preisgestaltung.

Ganz kleinlaut, völlig verunsichert fragten sie:

»Niemand hat uns beauftragt. Was sollen wir jetzt tun? Wir dachten ...«

Mutlos brach sie ab.

»Ihr bekommt ausnahmsweise noch einmal Gold, damit ihr weiterarbeiten könnt. Ab Morgen bekommt ihr vom Büro für Materialbeschaffung einen festen Lohn. Dafür erhält es alles, was ihr herstellt. Ihr dürft nichts mehr selbst verkaufen! Verstanden?!«

Belämmert aber auch erleichtert nickten sie. Wenn sie nicht mehr mit jedem Händler feilschen mussten, war dies durchaus eine Entlastung für sie. Und das Material bekamen sie auch.

Er stand auf, ging ins Zelt und kam gleich wieder, mit zwei Beutelchen voller Rohgold.

Sie bedankten sich und gingen.

Lange dachte er nach. Dann kam er zu einem Entschluss. Eine allen übergeordnete zentrale Verwaltungsstelle, bestehend aus den bisherigen Büros für Materialbeschaffung und Löhne würde um Vertrieb, Rechnungswesen, Personal, Lieferanten und sonst noch so einiges erweitert werden. Ein straff geführter Betrieb mit eindeutigen Bereichen sollte entstehen.

Diejenigen welche sich selbstständig gemacht hatten, waren erst einmal außen vor. Es sei denn, sie waren als Unterlieferanten später mit eingebunden.

Mist aber auch. Eigentlich hatte er das Ganze so nicht gewollt.

Ihm kam der Gedanke, dass er alles schnellstens loswerden wollte.

Gespannt saßen sie um das Lagerfeuer neben seinem Zelt, ihnerwartungsvoll ansehend.

Telentor, der Häuptling der Kiropees mit Tochter Sinoa und Temuchon, dem Zauberpriester.

Muchard, der Häuptling der Arachos, mit Tochter Kilané, Sohn Kalaté und dem Stammeszauberer.

»Die Eisen und Stahlerzeugung sowie die verschiedenen Schmieden werden zusammengefasst und dürfen nichts mehr auf eigene Rechnung verkaufen, sondern liefern alle Erzeugnisse ab sofort beim Büro für Materialbeschaffung und Löhne ab. Dieses wird in eine Zentralstelle umgewandelt und erhält bereichsübergreifende Befugnisse. Einzelheiten erkläre ich nachher. Die Leitung übernehmen drei Personen mit absoluter Weisungsbefugnis, nämlich Kalaté, Sinoa und Kilané! Ihnen gehört hiermit praktisch alles, von der Kohle- und Erzgewinnung über die Schmelzöfen bis hin zur Metallbearbeitung und Verkauf. Wir gründen jetzt, in diesem Moment, die ›Kiropee-Arachos Metallwaren Manufaktur‹! Ihr erhaltet nachher eine Schulung als Kaufleute und über den Aufbau einer Organisation und noch so Einiges, was zur Führung eines Unternehmens notwendig ist! Außerdem das technische Grundwissen über Kohlen Eisenerze, Brennöfen und Gusstechniken und so weiter. «

Er wandte sich an die beiden Häuptlinge:

»Seid ihr einverstanden?«

Alle saßen sprachlos da, das hatten sie nicht erwartet!

»Ach ja! Fast hätte ich es vergessen. Wir verschenken an niemanden mehr Kohle oder Erze, auch keine Ziegelsteine! Die freien Schmiede müssen für Koks, Eisen oder

Stahl bezahlen. Sie werden ihre Verkaufspreise anheben müssen. Es geht nicht an, dass wir die Kosten fürs Material tragen und sie unterbieten uns. Das bisher kostenlose Essen ist nur noch für unsere angestellten Mitarbeiter, nicht mehr für Selbstständige!«

Er wandte sich an Kalaté und die beiden Frauen.

»Kommt bitte mit, wir führen zuerst die Schulung durch, danachstellt ihr dann gezielt eure Fragen!«

Die drei, noch immer kaum etwas begreifend, folgten ihm in sein Zelt. Drei Holzrahmen, mit Stroh ausgepolstert und mir einer flauschigen Felldecke, darüber. Keine Ahnung, was das für Tiere waren.

»Legt euch bequem auf den Rücken und schließt die Augen!«

Kaum eine Minute später lagen sie im hypnotischen Tiefschlaf. Leise summend, dabei unsichtbar, nahm die Monitorkugel ihreArbeit auf. Nach zwei Stunden, er hatte eine schonende Behandlung veranlasst, erwachten sie wieder, sich benommen umsehend.

»Bleibt noch eine Weile liegen und ruht euch aus. Setzt euch anschließend zusammen und sprecht euch gegenseitig aus! Falls ihr danach immer noch Fragen habt, wendet euch an mich. Macht es gut!«

Mit diesen Worten verließ er das Zelt.

*

Der Patriarch war enttäuscht. Andererseits, was hatte er erwartet?

Nicht ein vernünftiger Vorschlag. Also legte er seinerseits einen Plan vor.

Mit der flachen Hand schlug er krachend auf den Tisch. Die durcheinander diskutierenden Familienmitglieder schwiegen erschrocken. Laut und deutlich sprach er in die Runde.

»Wir haben eine gut funktionierende, erfahrene Organisation. Unsere Konkurrenz hat nichts dergleichen. Meine Spione stellten fest, dass dort kaufmännisch ein heilloses Durcheinander vorherrscht. Wenn wir unsererseits eine eigene Kohlenmine in Betrieb nehmen und nach Eisenerz schürfen, können wir mit unseren Schmelzöfen und leicht abgewandelten Gießtechniken innerhalb kürzester Zeit unsere Produktion von Bronze auf Eisen und Stahl umstellen. Wir haben ausreichend finanzielle Mittel um die Anfangsphase zu überbrücken und sie vorerst preislich zu unterbieten. Damit drängen wir sie aus dem Markt! Ganz in der Nähe gibt es ergiebige Minen! Fangt sofort mit der Umstellung an! Ich erwarte alle drei Tage einen ausführlichen Statusbericht!«

*

Keine zwei Tage später hatten die drei alles im Griff.

Natürlich sahen die freien Schmiede nicht ein, dass sie plötzlich das bisher kostenlose Grundmaterial bezahlen sollten. Doch Kalaté griff konsequent durch. Gleichzeitig bot er ihnen eine Alternative an: Als bezahlte Schmiede zum gleichen Lohn wie die Schmiede der Manufaktur zu arbeiten und die Erzeugnisse abzuliefern, oder selbst zusehen, wo sie blieben.

Alle Abteilungen wurden von zuverlässigen Kiropees oder Arachos geführt.

In der Nähe der Rennöfen errichteten sie Blockhütten und erste Gebäude aus Ziegeln. Dort wurden die zentralen Abteilungen zusammengefasst und untergebracht. Unterkünfte für die Arbeiter und deren Familien entstanden, sofern sie es nicht vorzogen, weiterhin in ihren Zelten zu wohnen.

Die Schulung der ›Firmenleitung‹ wirkte sich für ihn durchaus vorteilhaft aus. Jeder der mit Fragen zu ihm kam, wurde umgehend zu Kalaté geschickt, was sich schnell herumsprach. Endlich fand er Ruhe!

Oder doch nicht?

Gerade als er beschloss, ein erfrischendes Bad zu nehmen, ein paar Runden zu schwimmen, kam Kilané herbei, mit Kalaté im Schlepptau.

Fragend sah er sie an:

»Gibt es Probleme?«

»Ja, Antpui! Wir fördern jeder Menge Kohle und Erze. Ein weiterer Meiler und die Koksmenge ist ebenfalls kein Problem. Danach staut sich alles vor den Öfen. Das bisschen Metall, welches nach Tagen herauskommt, deckt den Bedarf nicht mehr. Mit anderen Worten, wir benötigen drei, besser sogar vier zusätzliche Rennöfen! Aber dafür fehlen uns wiederum die Ziegel. Wir bitten Sie daher, uns weitere Mittel zum Ausbau der Ziegelei zu geben!«

Hoffnungsvoll sahen sie ihn an. Sehr gut, sie hatten den Engpass schneller analysiert als erwartet.

Er erhob sich wortlos, ging in sein Zelt und kam umgehend wieder heraus, einen prall gefüllten Lederbeutel in der Hand.

»Hier, erst einmal für den Anfang! Wenn ihr mehr braucht, meldet euch wieder! Ich meinerseits ziehe mich jetzt zurück und gehe Baden. Macht`s gut!«

Lächelnd erhob er sich, holte eine Decke aus seinem Zelt, nickte ihnen freundlich zu und ging. Die beiden, Kalaté den Beutel krampfhaft festhaltend, sahen ihm entgeistert hinterher. Kilané fasste sich gleich darauf wieder und schritt rasch zu ihrem Zelt, ihren Bruder sitzenlassend. Eine Decke, ähnlich der Antpuis anschleppend, sah sie zu, umgehend ebenfalls zum Badesee zu kommen!

Das Ziel ihrer Wünsche lag friedlich, mit geschlossenen Augen, im Schatten unter einem Baum.

Leise legte sie sich neben ihn. Und schlief ein ...

Plötzlich schreckte sie hoch. Die Decke neben ihr war leer! Ein Schatten fiel auf sie.

Triefend nass war Antpui herangekommen, nur einen Lendenschurz und seinen Silbergürtel tragend und setzte sich zu ihr.

»Hallo Kilané gut geschlafen?« Nach einer Pause setzte er hinzu:

»Möchten Sie auch noch ein wenig schwimmen?«

Fragend sah er sie an.

»Nein, nein! Wenn es geht, möchte ich mich mit Ihnen unterhalten. Auch im Namen von Sinoa und Kalaté.«

Nachdenklich sah er vor sich hin. Dann:

»Wir gehen zu meinem Zelt und setzen uns in den Schatten! Einverstanden?«

*

Innerlich verzweifelt, äußerlich unerschüttert wirkend, vernahm der Patriarch die Berichte seiner Abteilungsleiter.

Ihr Kohlebergwerk war nach einer Woche explodiert. Warum?

Keine Ahnung warum! Dazu mehrere Bergleute tot!

Holz in Kohlemeilern zu Holzkohle brennen, seit Jahren problemlos. Kohle zu Koks hingegen? Nur ein kleiner Teil wurde umgewandelt: Bei einem zweiten Versuch brannte der Meiler lichterloh.

Ihre Brennöfen? Mit dem bisschen Koks welches sie neuerdings besaßen, ruinierten sie den ersten Schmelzofen. Die Hitze war viel zu groß!

Ihr Vertriebsnetz? Viel zu kostenaufwendig! Jetzt nachdem der Umsatz eingebrochen war ...

Doch das Schlimmste kam noch. Die weit verzweigte, ausufernde Familie hatte sich in den letzten Jahren schamlos bedient, das Kapital sowie einlaufende Gewinne umgehend verschlungen. Aus dem Vollen gelebt, niemals ans Sparen gedacht.

Mit anderen Worten, der Clan war pleite! Von innen her zerstört!

Mit einem leisen Seufzer griff sich der Patriarch an die Brust. Kippte langsam vornüber.

Lähmendes Entsetzen breitete sich aus. Sie waren von einem Moment zum anderen führungslos!

Sofort brachen heftige Streitereien um die Nachfolge aus. Jeder dachte nur an sich.

In diesem Augenblick begann das Bronzeimperium der Kertans zu zerbrechen!

Während sich die Clanfamilien erbittert bekämpften, notwendige Lieferungen nicht bezahlten, - sollten sich doch die anderen darum kümmern! - Löhne einbehielten, kam jegliche Produktion zum Stillstand.

In Scharen liefen die einfachen Arbeiter davon, zurück zu ihren einstigen Siedlungen. Sie wurden wieder zu Jägern oder Farmern. Chaos breitete sich aus.

Lediglich einige Spezialisten für Schmelzöfen und Gusstechniken blieben.

Nach zwei Wochen sahen viele Sippenmitglieder ein, dass sie dabei waren, sich endgültig selbst zu ruinieren. Mit weiterhin viel Gezänk schafften sie es trotzdem, drei aus ihrer Mitte zu wählen, diese mit einem ausreichenden

Betrag zu versehen, ausreichend insoweit, dass der Betrieb der Bronzeherstellung, allerdings in wesentlich kleinerem Rahmen als bisher, wieder aufgenommen wurde.

Wer sich finanziell nicht beteiligte, flog aus der Familie und musste selbst zusehen, wie er weiterkam.

Die bisherigen Wucherpreise drastisch gesenkt und sie würden deshalb auch zukünftig noch eine lange Zeit ihre Bronzegegenstände verkaufen können. Parallel hierzu, es hatte keine Eile, war erneut ein vorsichtiger Einstieg in die Eisen- und Stahlherstellung vorgesehen.

Die wohl größte Änderung war: Niemand durfte sich wie gewohnt einfach so am Gewinn bedienen!

Achtzig Prozent der Einnahmen verblieben im Unternehmen, der restliche Gewinn wurde entsprechend der Höhe ihre Einlagen ausgezahlt.

Keiner durfte irgendwelche Sonderrechte geltend machen, da die Verfügungsgewalt ausschließlich bei den drei leitenden Personen lag.

Wenn auch unter Murren und Maulen, sahen sie nach wenigen Wochen ein, dass es so für alle am besten war.

Außerdem, das Stilllegen der teuren Handelsstationen verringerte die Kosten, sprich Ausgaben, immens! Gesundschrumpfen war angesagt.

*

»Sie haben uns ein unfassbares Wissen gegeben. Wir verstehen alles, was sowohl die verschiedenen Methoden zum Kohleabbau als auch was die Erzgewinnung und die Schmelzöfen angeht.«

Vor seinem Zelt auf, einem Stuhl sitzend, sah Sinoa ihn fest an.

»Zusätzlich lehrten Sie uns schreiben, lesen und rechnen. Da man hierzu Papier benötigt, bekamen wir grobe Informationen zur Papierherstellung. Was sicherlich heißt, dass irgendwann Papier hergestellt werden soll«. Er nickte lediglich wortlos zustimmend.

»Unsere erste große Bitte wäre, schulen Sie ein paar weitere Personen im Lesen und Schreiben sowie in Mathematik. Diese sollen als Lehrer wirken. Ginge das?«

Wiederum nickte er.

»Danke! Doch kommen wir zum Wesentlichen. Wer sind Sie? Ihnen dienen überaus mächtige, unsichtbare Geister. Während unseres Marsches zur Handelsstation verschwanden Sie ein paarmal. Und erschienen auf der Station! Sie können sich, genauso wie ihre Helfer, unsichtbar machen und fliegen! Ihr Wissen und Können liegt viel höher, als wir uns überhaupt vorstellen können. Stimmt das?«

Fragend sah sie ihn an.

»Größtenteils ja, worauf wollen Sie hinaus? Für wen oder was halten Sie mich?«

Jetzt geriet sie ins Stottern. Mit dieser Gegenfrage rechnete sie nicht.

»Ein Bote der Götter vielleicht? Wir wissen es nicht und hoffen, dass Sie es uns sagen!«

Nachdenklich sah er vor sich hin. Einen Teil der Wahrheit, an ihr Wissen angepasst? Warum nicht?

»Gut! Kommen Sie heute Abend mit Kilané und Kalaté her!

Dann reden wir darüber!«

*

Brav setzen sie sich zu ihm an den Tisch.

Sie hatten längst erkannt, dass er ungern am Feuer auf dem Boden saß. Zudem schlief er nur in einem mit Stroh gefüllten Holzrahmen, welchen er ›Bett‹ nannte.

Leise, wie träumend, begann er zu erzählen, dabei in unbestimmte Fernen sehend.

»Dereinst, in einer unvorstellbaren Anzahl von Jahren, werden viele Menschen, mit einer für euch nicht vorstellbaren Technik, hinauf zu den Sternen fliegen! Nach einer langen Blütezeit kann sich das Reich, Föderation genannt, nicht mehr weiterentwickeln. Wir haben ja alles, es gibt nichts mehr Neues. Wir haben perfekte Maschinen geschaffen, Großrechner und Androiden. Doch sie haben im Gegensatz zum Menschen keine schöpferische Kraft! Keine Träume, keine Visionen! Sie nehmen den Menschen die Arbeit ab. Dadurch werden diese träge und müde!«

Er schwieg einen Moment, trank aus dem vor ihm stehenden Zinnbecher.

»Es gibt eine Weisheit, die unumstößlich ist: ›Die Vergangenheit lässt sich nicht ändern!‹ Aber es gibt eine Möglichkeit: Wenn man, so wie ich, dennoch zurückkehrt, erschafft man im Moment der Ankunft eine neue Zeitlinie mit einer anderen Zukunft, welche niemand vorhersagen kann. Auf jeden Fall schuf ich durch das beginnende Ende der Bronzezeit und dem Einführen des Eisens endgültig eine neue Zukunft! Euer Wissen und das der Personen, welche ich noch schule, werden weitere, tiefgreifende Änderungen nach sich ziehen! Doch zurück zum Thema. Ich bin ein normaler Mensch wie ihr, nur aus einer anderen Zeit! Sonst nichts! Somit ...!«

Er unterbrach sich und sah unter den Tisch. Dort meckerte es vernehmlich. Schau an, ein Zicklein.

Eine Frau kam eilig heran, offensichtlich auf der Suche nachdem Tier. Gute Gelegenheit, sie anzusprechen:

»Melkt ihr eigentlich die Ziegen regelmäßig? Wenn ja, was macht ihr mit der Milch?«

»Wir geben sie den Kindern zu trinken, was übrig bleibt, verarbeiten wir, wie sie uns zeigten, zu Ziegenkäse.«

»Wer betreut die Ziegen?«

»Ich und noch eine Frau.«

»Wo wir gerade dabei sind, wer kümmert sich um die Gänse?«

»Oh, das macht Keira und ihre Schwester!«

Er überlegte ein paar Sekunden, dann wandte er sich an seine Monitorkugel:

»*Die vier Damen erhalten eine Grundschulung über die Haltung von Gänsen, Hühnern und Ziegen und auch gleich noch über Hasen. Wir richten nachher ein Hasengehege ein. Danach fangt ihr ein Dutzend von den Tieren. Kläre bitte auch, ob es in dieser Zeit irgendwo Hühner gibt. Erstens legen sie Eier und zweitens kann man sie essen! Wir bauen hier eine hoffentlich ertragreiche Kleintierhaltung auf!*«

Alle hörten schweigend zu, natürlich verstanden sie kein Wort standardgalaktisch. An die Ziegenhirtin gerichtet:

»Du und deine Partnerin sowie Keira und ihre Schwester kommt, wenn die Sonne zwei Handbreit weiter ist, hierher! Nimm jetzt deine Ziege mit. Bis nachher!«

Und an die anderen.

»Das Thema Papierherstellung stellen wir vorläufig zurück, wir haben nicht genügend Personal. Sucht euch inzwischen die Frauen und Männer aus, welche Lesen und Schreiben lernen sollen!«

*

Die Kertans erwiesen sich wieder einmal als Helfer. Neben ihrem Bronzemonopol schufen sie eine vorbildliche landwirtschaftliche Infrastruktur. Sie besaßen wirklich alles. Hühner zum Beispiel!

Neben der Koppel der Quoffs war ein geeigneter Platz für einen Hühnerstall mit zwei Bäumen auf einer Wiese. Im Baumschatten scharrten sie Kuhlen und fühlten sich wohl. Da man ihnen anfangs ihre Eier ließ, begannen sie umgehend zu brüten. Fein! Bald würden die ersten Küken schlüpfen.

Was die Hasen anbetraf, auch hier erwiesen sich die Kertans als hilfreich. Sie züchteten anscheinend seit ewigen Zeiten Hasen und Kaninchen. Was zu einem weiteren Gehege führte. Büsche, kleine Hütten und ein Unterstand ergaben eine annähernd artgerechte Haltung. Sie konnten herumrennen, Haken schlagen oder sich an verschieden Orten ausruhen. Etwas Wasser aus dem in der Nähe vorbeiführenden Kanal zugeführt löste für beide Gehege das Trinkproblem.

Was das Futter anbetraf, erst einmal mussten sie es kaufen.

Nach einem Gespräch mit den beiden Häuptlingen stellten sie landwirtschaftlich erfahrene Kertans ein, welche den Kiropees und den Arachos halfen, Äcker mit verschiedenen Getreiden und Feldfrüchten anzulegen. Alles in allem sehr zufriedenstellend!

Zu seiner Überraschung wollten sich an dem kleinen Fluss nahe der Kohleminen sowohl eine Sägemühle als

91

auch eine Getreidemühle niederlassen. Sinoa kam mal wieder bittend an:

»Antpui, könnten uns ihre Helfer beim Umzug zweier Mühlen unterstützen?«

Tat er doch gerne.

Jedenfalls gab es kurz darauf gleichmäßig geschnittene Bretter und jede Menge Mehl. Sehr zur Freude der Frauen, welche bisher mühsam das Mehl mahlen mussten.

Er bat Sinoa, Kilané und Kalaté zu sich.

»Ab jetzt eine Zeitlang keine neuen Erfindungen. Wir müssen das Erreichte in der nächsten Zeit festigen! Das Vorhandene in kleinen Schritten verbessern. Einverstanden?«

Sie nickten einträchtig, denn ihnen war es durchaus recht, dass er das Tempo etwas zurücknahm.

Sinoa fasste sich ein Herz:

»Antpui, bitte, darf ich Sie bitte noch ganz kurz sprechen?«

Er nickte zustimmend. Kilané entfernte sich mit ihrem Bruder.

Als er erkannte worauf Sinoa hinauswollte, lächelte er zustimmend. Sinoa strahlte!

*

Die lebenslange Verbindung Sinoas mit Kalaté.

Wirklich, ein rundum gelungener Fest!

Zuerst hielten die Häuptlinge jeweils eine Rede auf ihre Kinder. Die Dämmerung setzte ein. Rundherum brannten immer mehr Feuer. Anschließen vollzogen die Zauberer und Heiler beider Stämme unter Trommelklang,

Geschrei und Tanz ums zentrale Beratungsfeuer die Verbindung. Alles in allem überaus beeindruckend.

Zumal die Schamanen, rundum mit Amuletten behängt, im flackernden Feuerschein, mächtig und geheimnisvoll aussahen.

Ganz nach alter Tradition. Das Paar stand geduldig wartend in der Nähe, aufmerksam zusehend.

Er selbst hielt sich voll im Hintergrund!

Die Trommeln wurden schneller und schneller, um plötzlich schlagartig zu verstummen. Gemessenen Schrittes traten die Schamanen auf das Brautpaar zu. Jeder ergriff eine Hand und untergeheimnisvoll beschwörenden Worten fügten sie diese zusammen.

Danach traten sie zurück und Sinoa fiel Kalaté um den Hals, in liebevoll küssend.

All Zuschauer waren aufgestanden und jubelten dem Paar zu. Männer stellten Tische und Stühle auf, Frauen schleppten bergeweise Essen heran. Getränke selbstverständlich auch.

Erstmalig standen Gänse, Hühner, Ziegen und Hasen mit auf dem Speiseplan.

Somit ein rundum gelungenes Festmahl!

*

Quarzsand, Kalk, Soda und Pottasche ergibt Glas? Oder vielleicht besser zuerst Emaille erzeugen?

Die Glasherstellung benötigt als Werkzeug eine sogenannte ›Glasmacherpfeife‹, ein rund eineinhalb Meter langes Metallrohr. Richtige Metallrohre gab es bisher nirgends. Die Kertans hatten sich mit einer Notlösung beholfen. Ein Drechsler fertigte aus Buche oder Eiche einen Holzstab mit dem gewünschten Innendurchmesser an. Darüber Kupferbleche gewickelt, alles heißgemacht, gerade so, dass das Holz nicht verbrannte und anschließend schnell durch ein heißes Zinnbad gezogen. Vorher mit Talg als Flussmittel eingeschmiert. Die Rohrstücke über gegossene Kupfermanschetten miteinander verbunden und erneut mit Zinn ›verlötet‹.

Doch gleichgültig für was er sich entschied, ein Problem blieb: Wer sollte es machen?

Er hatte keine freien Kiropees oder Arachos mehr. Mist aber auch!

Ein paar schöne Trinkgläser? Warum nicht?

Also erst einmal den Häuptling und den Zauberpriester, sonst niemanden, darüber informieren, dass er einige Tage verreiste.

*

Es war später Nachmittag. Ein runder Tisch mit drei Augenpaaren, welche in gründlich, aber deutlich zurückhaltend musterten.

Die drei Leiter der Kertans.

»Nennt mich James! Als weitgereister Schamane möchte ich Ihnen ein Angebot unterbreiten. Es hat sich allgemein herumgesprochen, dass euer bisheriges Bronzemonopol nicht mehr viel wert ist! Daher schlage ich Folgendes vor: Sie und noch einige Personen erhalten ein Wissen über die Herstellung zweier Objekte, die es bisher noch nicht gibt. Das Erste ist Emaille, mit dem eure Töpfe, Tiegel, Pfannen eine harte, glänzende Beschichtung bekommen, unempfindlich gegen so gut wie alles. Das Zweite ist die Kenntnis über Glasherstellung. Hier könnte ich mir ein neues, einträgliches Monopol vorstellen.«

94

Durstig trank er aus dem vor ihm stehenden Silber-
becher.

»Sind Sie daran interessiert?«

Die Männer sahen sich kurz an und einer meinte:

»Bitte sprechen Sie weiter!«

»Im Zuge ihrer Suche nach Flussmitteln für Kupfer,
Bronze und Silber haben sie sich im Verlauf vieler Jahre
einen großen Vorrat an verschiedenen Mineralien ange-
schafft. Dies kommt uns nun gut zupass. Sie drei erhalten
eine Vollschulung über Mineralienkunde sowie über
Glas- und Emaille-Herstellung. Dazu benennen Sie dreimal je zwei Personen, welche dann entweder nur für
Mineralien, Glas- oder Emaille zuständig sind. Sie drei
haben als Einzige den vollen Überblick! Einverstanden?«

Das mit dem alleinigen vollen Überblick gefiel ihnen.

»Wir treffen uns Morgen Vormittag wieder hier. Bitte
weiche Unterlagen zum Hinlegen mitbringen!«

Er stand auf.

»Halt! Wohin wollen Sie?«

»Eine Herberge suchen. Mit einem Abendessen, einem
weichen Lager und Frühstück.«

»Bitte bleiben Sie hier. Wir haben nebenan ein Gäste-
haus. Dort gehen wir jetzt gemeinsam hin und essen
zusammen. Dabei können wir uns noch ein wenig unterhalten und etwas trinken. Außerdem können Sie sich dort
ein Zimmer aussuchen und für die nächste Zeit einrichten. Sie werden sicherlich noch eine längere Zeit hier ver-
weilen!«

Er konnte nur zustimmen.

Beim Abendessen kam die Sprache auf Koksherstel-
lung und die die Explosion in der Kohlenmine.

Seufzend erklärte er:

»Das war nur eine Kohlenstaubexplosion. Ihr hättet mit einem Abbau im Tagebau beginnen müssen, nicht gleich in einer Miene. Schickt morgen zwei der Leute für den Kohleabbau her und sie erhalten hierzu das notwendige Wissen, auch über Schutzmaßnahmen! Wenn ihr kein Koks nehmt, gibt es rundum bald keine Bäume mehr.«

»So weit sind wir schon fast! Um Bronze herzustellen, haben wir schon allzu viele Bäume verbrannt!«

Alles in allem wurde es noch ein echt netter Abend.

Die Überraschung kam, als er schlafen ging. Unversehens huschte im schwachen Lichtschein einer Kerze eine Frau herein. Bevor er reagieren konnte, zog sie ihn aus und schubste ihn aufs Lager. Sekunden später erfasste ihn eine heftige Erregung.

*

Die Schulung verlief problemlos.

Natürlich benötigte es ein paar Tage, bis sie in der Lage waren, das neue Wissen abzurufen und anzuwenden.

Zwei der bisherigen Schmelzöfen wurden bedarfsgerecht umgebaut, auch um eine Befeuerung mit Koks zu ermöglichen. Einer für die Glas- , einer für die Emailleschmelze.

Frühere Mitarbeiter durchsuchten die umliegenden Wälder nach trockenem Bruchholz, um daraus Pottasche herzustellen. Auch wurden Bäume gefällt, zu Brettern gesägt und diese zum Trocknen aufgeschichtet.

Somit hatten sie bald alle Grundstoffe für Pottascheglas zusammen. Auch die Mineralien für Emaille waren bald in größerer Menge vorhanden.

Wie er erwartet hatte, klappte die Emaillierung recht schnell, das Glasblasen hingegen ...

Immerhin kamen nach einer Woche erste Trinkgläser zustande. Gläserne Krüge mit Henkeln entstanden. Sie lernten recht schnell. Sehr zur Freude der leitenden Kertans!

Auch er war zufrieden. Mit der weiterhin parallel laufenden Herstellung von Bronzetöpfen und deren Emaillierung ließen sich auf lange Sicht einträgliche Geschäfte machen.

Hervorragend!

Nach zweieinhalb Wochen verabschiedeter er sich von den Kertans und versprach, in ein paar Monaten erneut vorbei zu kommen.

*

Laira war außer sich vor Freude. Herrchen war wieder da!

Alle anderen freuten sich auch, aber deutlich leiser als die lautstark bellende Hündin.

Beim Häuptling am Feuer sitzend erfuhr er, dass alles bestens lief. Weit und breit keine Probleme.

Fein, sehr fein!

Die Schmiede, auch die Kunstschmiedinnen, wurden immer besser. Trotzdem konnten sie den enormen Bedarf auf absehbare Zeit noch lange nicht decken.

Nun ja, war halt so. Eigentlich hatte er den Quoffs Hufeisen verpassen wollen, aber damit würde nur ein weiterer Engpass entstehen. Hmm, was tun?

Eisen erzeugten sie genug.

Er lieh sich ein Quoff und ritt zu den Arachos. Ein Abstecher zum Biberbiotop zeigte, dass auch dort alles in

Ordnung war. Die Tiere hatten den Damm weiterhin abgedichtet, wodurch der See sich stark verbreitert hatte. Die Monitorkugeln erhielten den Auftrag, den Wald um das Gewässer noch in dieser Nacht zu vergrößern.

Dann ritt er weiter. Zu Muchard, dem Häuptling. Vorher sandte er noch einen Boten zu den Brennöfen. Kalaté möchte doch bitte gleich zu seinem Vater kommen, er würde ihn dort erwarten.

Auch hier wurde er zuvorkommend begrüßt und ans Beratungsfeuer gebeten. Frauen brachten Getränke, kaltes gebratenes Fleisch und Brot, während die übliche Pfeife rundging.

Rauchend, essend und trinkend vergingen die ersten Minuten schweigend.

Dann, an den Häuptling und dessen Schamanen gerichtet:

»In eurer Siedlung würde ich gerne ein neues Vorhaben starten. Könnt ihr mir bitte zwei sehr kräftige Männer ab sofort zur Verfügung stellen?«

»Wenn wir die bisherigen Arbeiten umverteilen, können wir das machen. Worum geht es?«

»Kalaté wird demnächst hierher kommen, dann erkläre ich euch alles. Er muss ...«

Er unterbrach sich, denn drei Quoffs kamen angaloppiert.

Mist aber auch! Sinoa und Kilané hatten sich anscheinend voller Neugier angeschlossen. Die beiden hatte er nicht gewollt. Na ja, Schwamm drüber.

Als sie ums Feuer saßen, sich gegenseitig begrüßt hatten, ergriff er das Wort.

»Bitte unterbrecht mich nicht, Fragen könnt ihr anschließend.« Eine kurze Pause, dann:

»Hier, bei den Arachos, beabsichtige ich eine ganz besondere Schmiede einzurichten. Sie soll von euch zu fairen Preisen mit Eisen und Stahl beliefert werden. Ihr habt darüber hinaus keine Weisungsbefugnis. Die Schmiedearbeit wird nicht an eure zentrale Verkaufsstelle abgeliefert, sondern unmittelbar an den Kunden verkauft!«

Ein großer Schluck aus seinem Becher. Die Gesichter der Zuhörer waren ein einziges Fragezeichen.

»Es handelt sich um etwas, das es bisher nicht gibt: Um eine Hufschmiede! Ein Hufschmied ist ein Spezialist für die Pflege, das ausschneiden und das Beschlagen von Quoffhufen mit Hufeisen. Die Hufeisen und Hufnägel stellt der Hufschmied selbst her und passt die Hufeisen der Form und Größe des Hufes an. Die Arbeit beinhaltet auch die Behandlung verletzter und kranker Hufe.«

Das mussten sie erst einmal verdauen.

Die erste Frage lautete:

»Wozu brauchen Quoffs Hufeisen?«

»Ganz einfach! Schaut euch mal die abgenutzten Hufe eurer Quoffs an, diejenigen die tagtäglich als Zugtiere eingesetzt werden. Auf hartem und steinigem Boden ist das Hufeisen eine Erleichterung für die Quoffs! Der Huf wird vor übermäßiger einseitiger Abnutzung geschützt. Ein Beschlag kann bei Hufproblemen eine schmerzlindernde Wirkung haben. Schont eure Tiere, so gut es geht. Vor allem bei Steigungen rutschen die Quoffs kaum mehr ab.«

Danach schwieg er.

Die anderen auch. Nach einer kurzen Pause sprach er weiter.

»Wir errichten ein Gebäude, in dem die Schmiede untergebracht wird sowie mit einem halboffenen Raum,

in dem die Quoffs beschlagen werden. Daneben eine
Koppel. Die Einzelheiten bespreche ich nachher mit
Häuptling Muchard.«

Ein Blick zur Sonne.

»Mittagszeit! Wir essen jetzt gemeinsam, dabei könnt
ihr weitere Fragen stellen. Ach ja, das Handwerkszeug
für die Schmiede bezahle ich!«

Schnell merkte er, dass sie nichts begriffen hatten. Was
genau waren Hufeisen und Hufnägel?

Er vertröstete sie auf später.

»Es macht keinen Sinn, die Sache zu beschreiben.
Wartet ab, bis wir alles zeigen können!«

*

Den Kopf in die Hände gestützt, die Augen geschlossen, saß er vor seinem Zelt am Tisch.

Alles was er von der Frühzeit der Erde wusste, traf auf
dieser Welt nicht zu. Nur der Kontinent, auf dem er
gelandet war, trug menschliches Leben, alle anderen
Gebiete waren menschenleer!

Wieder einmal drängte sich ihm die Frage auf: Wann
war er, wo war er?

Er kam zu dem Schluss, dass aus welchem Grund
auch immer, der Zeit-Sprung schiefgelaufen war!

Und nicht mehr zu ändern!

Es blieb ihm nichts anderes übrig, als so viel Wissen
wie möglich auf breiter Basis zu vermitteln.

Und von hier aus die anderen Erdteile zu besiedeln. Aus
seinen Gedanken gerissen, sah er hoch.

»Antpui! Häuptling Muchard bittet Sie, zur Hufschmiede zu kommen!«

Kilané hatte ihn leise angesprochen. Sie hatte, von sich aus, beim Aufbau der Schmiede geholfen.

Unwillkürlich sah er auf seine Armbanduhr. Verärgert stellte er fest, nicht zum ersten Mal, dass er ja gar keine mehr hatte. Nur so aus alter Gewohnheit.

»Antpui, das zweite Quoff ist für Sie!«

Tatsächlich, in geringer Entfernung grasten diese, komplett mit Sattel und Zaumzeug.

Seufzend erhob er sich.

»Gut, reiten wir los!«

*

Nach einem gemütlichen Trab, er hatte es nicht eilig, gelangten sie zur Hufschmiede, vor der bereits Häuptling Muchard wartete.

Nachdem sie abstiegen, bat man sie in die Schmiede.

Alle Achtung! Sie waren fleißig gewesen. Zumindest der Menge der Hufeisen nach zu schließen.

Acht lagen vor dem Feuer.

Nebenan wartete ein Quoff mit ordentlich flach gefeilten Hufen.

Sie sahen interessiert zu, wie das Quoff beschlagen wurde. Und gleich danach ein Zweites.

Schön, sehr schön! Er lobte die beiden Schmiede.

»Hier,« er holte ein paar Münzen aus seiner Tasche, »Eure Entlohnung!«

Dazu gab er ihnen einen großen Brocken Gold:

»Das hier ist für die nächsten zwanzig Quoffs, welche euch Häuptling Telentor nachher schickt! Macht es gut!«

Mit diesen Worten schwang er sich auf sein Quoff und ritt los.

Ohne Kilané.

Kalaté hatte den Vorteil der Hufeisen im Transportwesen schnell erkannt.

Was den Schmieden viele Aufträge bescherte, so viele, dass sie gar nicht nachkamen. Zumal die Kiropees und Arachos ebenfalls alle ihre Quoffs zum Beschlagen anmeldeten. Und natürlich sprachsich das weit herum ...

Wieder einmal saß er vor seinem Zelt, in tiefes Nachdenken versunken, mehr oder weniger unbewusst nebenher einen Schluck eines vollmundigen Rotweines trinkend. Zum Glück gab es auf diesem Erdteil schon seit Jahrhunderten einen großflächigen Weinanbau. So etwas wie Bier war ebenfalls vorhanden, alles in gut zehn Liter fassenden Amphoren aus Ton erhältlich.

Das brachte ihn auf eine Idee. Irgendwo musste es Töpferscheiben geben. Was erst einmal bedeutet, dass seine in letzter Zeit unterbeschäftigten Monitorkugeln sich auf die Suche begaben.

Nachdenklich betrachtete er die ehemalige einst so trockene Steppe zwischen dem Dorf und dem weit entfernt liegenden Wald. Viel Gras wuchs dort, Kornfelder und Haine mit Obstbäumen wechselten sich ab, fruchttragende Hecken waren angelegt, aber ...

Wenn man es genau nahm, war es eigentlich nur ein relativ schmaler Streifen von wenigen Kilometern.

Der Grund lag darin, dass es einfach nicht genug Wasser gab. Der das Dorf durchfließende Bach war von der Menge her begrenzt. Ein weiteres Aufbohren der Quelle würde alle Zelte unter Wasser setzen.

Seufzend rief er eine seiner Kugeln zurück.

Wie immer, wenn Zuhörer in der Nähe wahren, benutzte er die Zaubersprache standardgalaktisch.

Das Ergebnis kam bereits nach kurzer Zeit. In einer Entfernung von sieben Kilometern, vom Dorf aus gesehen links, gab es kleinen Einschnitt im Fels.

Ein Blick zum Beratungsfeuer, Temuchon saß schwatzend in der Runde. Er stand auf, schritt zum Feuer und bat den Schamanen mitzukommen.

Sie gingen zur Koppel der Quoffs und ließen sich zwei davon satteln. In leichtem Trab, sie hatten es nicht eilig, ritten sie zu der ausgesuchten Stelle.

Dort angekommen stiegen sie ab, und er wies auf das vor ihnen liegende Ödland und meinte:

»Unterhalb unseres Zeltdorfes gibt es neuerdings einen breiten Streifen fruchtbaren Landes, entstanden durch planmäßige Bewässerung. Allerdings entnehmen wir hierzu bereits zweidrittel des Wassers aus unserem Bach. Mehr geht nicht. Andere, weiter unten, wollen auch Wasser haben!«

Er drehte sich um und zeigte auf den Einschnitt im Fels:

»In einer größeren Tiefe, genau weiß ich es auch nicht, gibt es Wasser, unter hohem Druck stehend. Das Gestein weiter innen, ist sehr hart. Es wird sich nicht so schnell auswaschen wie Kalk. Wenn wir uns da durchbohren, sinkt zugleich der innere Wasserdruck, da nicht beliebig viel durch die davorliegenden Gesteinsschichten nachkommt. Somit ergibt sich an dieser Stelle eine Quelle, mit der wir das Land,« er drehte sich wieder um, »vor uns bewässern können. Zumal sich im Laufe der Zeit, die Spalten und Risse im Berg freispülen werden.«, schloss er zufrieden.

Er zog Temuchon zur Seite.

»Bohreinheit ansetzen und starten! Wasser wie besprochen ausströmen lassen, Durchmesser erst einmal zehn Zentimeter!«

»Sehr wohl, Sir!«

Sprachlos sah der Schamane zu, wie im Felsen ein kreisrundes Loch entstand. Glühend heißer Dampf, durchsetzt mit Gesteinsbröckchen, schoss daraus hervor.

»In dem Gestein gibt es geringfügige, eingeschlossene Wassermengen, die beim Bohrvorgang verdampfen! Wir sollten vorsichtshalber noch ein wenig zur Seite treten, gleich wird die wasserführende Schicht erreicht!«

Im nächsten Moment kam ein armdicker Strahl Schmutzwasser aus dem Loch angeschossen, nur um wenige Meter weiter in der ausgetrockneten Steppe zu versickern.

Antpui schaute zufrieden drein und bemerkte:

»Die Spalten und Risse werden freigespült und die Wasserqualität wird stetig besser! Damit können wir ein weiteres Stück Land landwirtschaftlich erschließen! Wir werden ...!«

Er unterbrach sich und sah verblüfft zu, wie der Wasserstrahl plötzlich doppelt so weit wie bisher flog. Anscheinend hatte sich der Druck im Berg verstärkt. Aber das war noch nicht alles.

Das ehemals kreisrunde Loch veränderte sich und wurde in einer unregelmäßigen Form langsam aber stetig größer! Auch die Menge des Quellwassers nahm zu.

Was, bei allen finsteren Göttern der Galaxis, hatten seine mechanischen Helferlein da angebohrt? Andererseits, wenn man dem neuen Bach grob einen Lauf vorgab und Bewässerungskanäle anlegte, konnte nicht genug kommen!

Temuchon sah der ganzen Sache fassungslos staunend zu.

Wasser aus dem Fels. Einfach so?

Scheu sah er Antpui an. Wie es aussah, war das für den selbstverständlich.

»Aufsitzen, Temuchon! Hier braucht uns niemand mehr! Die bisher vertrocknete Steppe kann bald landwirtschaftlich genutzt werden. Lass uns zurück reiten und was essen!«

*

Er konnte zufrieden sein. Einträchtig machten sich die Kiropees und Arachos daran, weitere Felder, Äcker und Haine anzulegen.

Vor seinem Zelt sitzend, döste er vor sich hin, mit einer wichtigen Frage beschäftigt: Zuerst eine Runde schwimmen oder sich gleich hinlegen? Die Entscheidung fiel für hinlegen.

Obwohl sein Zelt, als einziges im Dorf, eine doppelte Wärmedämmung besaß, war es im Inneren sehr warm. Er schlüpfte aus seiner Kleidung, legte sich hin und war wenige Atemzüge später eingeschlafen.

Kilané hatte ihn zufällig aus der Ferne beobachtet und ihre Chance gewittert!

Und Laira vergessen!

Als sie den Vorhang zurückschlug, stand die Hündin zähnefletschend, leise knurrend vor ihr, den Schlaf ihres Herrchens bewachend.

Was sie zum sofortigen Rückzug bewog!

Wirklich, so kam sie nie an ihr Ziel. Sie musste sich etwas Neues einfallen lassen!

*

Dem Häuptling teilte er beiläufig mit, dass er für ein paar Tage verreisen werde.

Mal sehen, wie es bei den Kertans mit der Glasherstellung lief! Sehr gut wie er feststellte.

Auf einem Wagen, gezogen von zwei Quoffs, macht er sich auf den Weg zu den Kertans. Wenige Minuten nach der Abfahrt bei den Kiropees war er, dank den Traktorstrahlen seiner Monitorkugel, in Sichtweite seines Ziels angekommen.

Als man ihn erkannte, wurde er sofort zu den leitenden drei Personen der Kertans geführt. Es war noch früh am Morgen und nach einem ausgiebigen Willkommenstrunk musste er unbedingt die Werkstätten für Gefäße mit Emailleüberzug und Glasherstellung besichtigen. Ersteres nahm er scheinbar interessiert zur Kenntnis, bei Letzterem sah er genauer hin. Sie hatten es geschafft, sehr reines Glas herzustellen. Soeben kam eine flüssige Menge Weißglas an. Eine der Glasbläser wollte seine Glaspfeife eintauchen, als er ihn zurückhielt. Von den Werkzeugen nahm er ein löffelähnliches Teil, das vermutlich dazu diente, um Rundungen zu erzeugen. In diesen ›Löffel‹ schüttete er eine Menge feinsten Goldstaub. Er bedeutete dem Glasbläser, die Masse vorsichtig umzurühren. Im Nu färbte sich die Masse tiefrot!

Sofort ging dieser an die Arbeit und erzeugte einen wunderbaren, rubinroten Kelch!

Natürlich wollten alle wissen, was das für ein Pulver war.

Er lächelte und reichte einem der Leiter der Kertans ein Lederbeutelchen und einen großen Brocken Gold.

»Hier, mit feinem Goldstaub könnt ihr sogenanntes Rubinglas herstellen!«

Natürlich kamen gleich weitere Wünsche:

»Kann man auch blaues Glas machen?«

»Aber ja! Dazu benötigen wir lediglich geringe Mengen an Kobalt. In eurer Mineraliensammlung finden wir sicherlich etwas!«

*

Nachdem ausgezeichneten Mittagsessen gingen sie einträchtig zu der Sammlung verschiedenster Erze, über viele Jahrzehnte hinweg angelegt.

Sie wurden recht schnell fündig. Ein paar Brocken reines Kobalt, ansonsten Kupfer-, Nickel- und sonstige Metallerze, bisher nicht zu gebrauchen, da durch Kobalt ›verunreinigt‹.

Das Kobalt wird durch Reduktion der Kobalt-Nebenproduktedes Nickel- und Kupferabbaus und der Schmelze gewonnen. Er musste ihnen nur beibringen wie. Wie üblich: Schulung unter Hypnose.

Nach einigen Tagen konnten sie mehrere Glassorten herstellen: klares Kristallglas, rotes Rubinglas, blaues Kobaltglas und das bisher übliche grüne Waldglas. Die Kertans waren begeistert.

Zeit, um auf sein eigentliches Anliegen zu kommen.

»Alle eure Vorrichtungen und Werkzeuge zum Prägen von Münzen stehen nur herum und setzen Staub an. Wir, die Kiropee, wollen euch alles Abkaufen. Zudem bieten wir zwei Personen an, bei uns so wie bisher, bei guter Bezahlung zu arbeiten.«

Vor, ihnen auf den Tisch, setzte er einen schweren, großen Lederbeutel ab. Gold ...!

»Wie lange benötigt ihr, um alles in meinen Wagen zu verladen?«

Die Kertans diskutierten mehrere Minuten lang, eher sie zögernd antworteten.

»Wir schätzen drei bis vier Tage mit Abbauen und Einpacken. Zudem brauchen wir noch einen zweiten Wagen!«

»Geht in Ordnung!«

Ein kleinerer Lederbeutel folgte dem Ersten.

»Das bedeutet aber auch, dass ich jetzt vier ihrer Mitarbeiter benötige. Immer zwei auf einem Wagen!«

»Dürfen zwei davon Frauen sein? Sie sind handwerklich sehr geschickt.«

»Aber ja! Die nächsten Tage kümmere ich mich weiterhin um die Glasmacher. Ich habe da noch eine Idee, mal sehen, ob es geht!«

*

Sie experimentierten noch ein wenig herum.

Volltreffer! Eine Wenig Silber beigefügt und sie erhielten eine weitere Farbe, ein schönes Gelb.

Dann das nächste, weitaus größere Problem: Glasfenster.

Zuerst einmal formten sie Hohlgläser mit der Glasmacherpfeife. Diese wurden im heißen, plastischen Zustand aufgeschnitten und flach gewalzt. Leider waren die Glasflächen nicht allzu groß. Immerhin sorgten zwei stabile Bronzewalzen für eine gleichmäßige Dicke.

Danach wurde es schwierig. Aber da die Kertans jahrzehntelange Erfahrung im Ausformen und Zusammenlöten von Bronzeteilen hatten, entstanden erst einmal aufwändige Gitter, in welche die Glasscheiben eingesetzt wurden. Drei in der Höhe und vier in der Breite ergaben das erste Fenster!

Und natürlich wollten, angefangen von den Leitern der Kertans, bis hin zu den Angestellten und Mitarbeitern alle Fenster! Die bisherigen Glasbläser kamen nicht mehr nach. Zudem sie ja weitere Fenster für den freien Verkauf brauchten.

Um ein wenig Ordnung in das Ganze zu bringen, schlug er vor, für Fensterglas eine eigene Fertigung einzurichten. Außerdem wies er darauf hin, dass man auch bunte Fenster machen konnte!

Wie auch immer, stellte er vergnügt fest, mussten die Kertans ihre Produktion erheblich ausbauen. Positiv war, dass durch die Verwendung von Koks aus Kohle, sowohl für die Glas- als auch für die Bronzeherstellung, keine Bäume in der Umgebung gefällt wurden. Umweltschonend und sehr erfreulich!

Und bald würden die Handelsstationen dank der neuen Produkte wieder aufblühen.

Doch jetzt galt es die Prägeeinrichtungen zu den Kiropees zu transportieren. Da er keine Lust verspürte, wochenlang mit den langsamen Wagen mitzufahren, beschrieb er ihnen, unterstützt durch eine harmlose Hypnose, den Weg und verabschiedete sich. Bald würde man sich wiedersehen!

*

Kaum bei den Kiropees angekommen, besuchte er umgehend die Ziegelei.

Die Werktätigen dort hatten eine Menge Ziegel auf Halde gefertigt. Eine kurze Rücksprache mit Kalaté, Sinoa und Kilané ergab, dass er alle zum üblichen Preis haben konnte. Oben in der Felswand, bei seiner dort verborgenen Zeitkapsel, lagerte inzwischen tonnenweise Rohgold. Er hatte seine Monitorkugeln nach der Herkunft des Goldes, in dem jetzt leergeräumden Bach, den sie bei ihrem ersten Besuch auf der Handelsstation überqueren mussten, suchen lassen. Sehr erfolgreich. Bei Bedarf gab es weiteres Gold, ausreichend für viele Jahrzehnte.

Seine nächste Aufgabe. Dachziegel! Eine hölzerne Form war schnell erstellt. Wenn genügend Zeit war und sich die Dachziegel bewährten, mussten sie die Form aus Eisen machen, genauso wie modifizierte Formen für die normalen Ziegelsteine. Er hatte da so eine Idee im Hinterkopf ...

Eine Fläche von zehn auf fünfzehn Metern freigelegt, mit Holzbalken unterfüttert und Brettern belegt, ergab einen stabilen Boden. Rundherum eine Mauer aus Ziegelsteinen, welche mit Mörtel, wie bei den Brennöfen, verbunden waren, zweieinhalb Meter hoch, mit Aussparungen für eine Tür und an den Seiten Öffnungen für das Licht.

Neu war der hölzerne, einen Meter hohe Dachstuhl und darauf Dachziegel und ganz oben darauf eine abgerundete ebenfalls neuartige Ziegelart, den Dachfirst bildend.

Das Ganze weiß gekalkt. Das Gebäude sah sehr schön aus. Natürlich fragten so gut wie alle nach dem Zweck dieses Hauses.

»Ganz einfach! In wenigen Wochen kommen Kertans mit ihrer Ausrüstung her, um hier vor Ort Münzen zu prägen. Der weite Transport von Gold, und wiederum das Abholen der Münzen bei den Kertans, entfällt!«

Das leuchtete ihnen sofort ein.

Inzwischen waren die von ihm angedachten Metallformen für zwei spezielle Ziegel fertig. Und natürlich wollten alle wissen warum.

Doch er beschied sie abschlägig:

»Keine Fragen! Wenn es so weit ist, erkennt ihr den Zweck ganzvon selbst!«

*

Die Kertans waren erstaunt aber auch erfreut, dass er nach sokurzer Zeit wieder bei ihnen war.

Die Geschäfte mit den roten und gelben Trinkgläsern liefen bestens. Sie waren des Lobes voll.

Aber zu allererst: Mittagessen.

»Was führt Sie heute zu uns, James? Sie sind sicherlich nicht nur zu einem Höflichkeitsbesuch gekommen?«

Er lachte:

»Aber nein, es gibt einen konkreten Anlass. Bei mir habe ich zwei Gussformen aus Stahl. Sie sollen mir, von der einen Form drei, von der anderen fünf Teile mit klarem Glas gießen. Wenn das so klappt, wie ich es mir vorstelle, gibt es einen größeren Auftrag. Wenn nicht, komme ich in ein paar Tagen mit überarbeiteten Formen erneut hierher! Sobald die Teile fertig sind, erkläre ich Euch den Sinn und Zweck!«

Natürlich würde alles bestens funktionieren, hatte doch eine seiner Monitorkugeln alles genauestens geschliffen, dabei den Ausdehnungskoeffizienten des aktuell vorliegenden Glases berücksichtigt.

Er holte die beiden Gussformen aus dem mitgebrachten Sack und legte sie auf den Tisch.

»Oh, das ist leicht zu gießen. Das überflüssige Glas lässt sich gut abstreifen!«

Bereits am Abend hatte er, was er wollte. Die Glasziegel, gegeneinander versetzt, passsten haargenau, auch die Dachziegel.

Anhand einer Zeichnung des Hauses konnte er erklären, dass damit der Innenraum, zumindest tagsüber, recht hell war.

Vorläufig bestellte er je einhundert Stück. Der Liefertermin sollte in zwei Wochen sein. Er würde mit einem Wagen, gezogen von zwei Quoffs, wiederkommen und alles abholen. Erneut wechselte ein Beutel Gold den Besitzer.

*

»Beide Wagen mit den Münzprägewerkzeugen, außerhalb einer Ortschaft, durch Achsenbruch aufhalten! Sie dürfen frühestens in sechzehn Tagen ankommen! Notfalls einen weiteren Achsenbruch arrangieren!«

Er wollte vor ihrer Ankunft das neue Haus fertig haben! Die Kertans sollten sofort ihre Arbeitsplätze an der vorgesehenen Stelle einrichten. Zudem, wenn die Ziegelei nachkam, plante er weitere, auf die jeweilige Anwendung speziell zugeschnittene Häuser zu errichten.

Ihm fiel ein, dass es vielleicht besser wäre, zuerst eine zusätzliche Ziegelei zu errichten. So wie es aussah, würden sicherlich viele weitere ›Steinhäuser‹ gebraucht werden. Zumindest als Statussymbol!

*

Hervorragend, einfach nur Spitze!

Um die nicht mehr benötigte Mörtelschicht auszugleichen, der Kleber aus Birkenrinde war hauchdünn, waren die Glasziegel etwas höher als die Lehmziegel. Alles passte insgesamt haargenau. Auch die Dachziegel.

Jetzt noch eine stabile Holztür mit einem ebenfalls hölzernen Zuhaltungsschloss und das Gold sowie die Münzen waren in Sicherheit. Klasse!

Da es sein Gold war, gehörtem ihm auch die Münzen. Abzüglich der Kosten für das Prägen.

Obwohl schon viele Tonnen Gold in der Höhle seiner Zeitkapsel lagerten, war die zuerst hoch im Felsen erschlossene Mine noch lange nicht erschöpft. Ganz zu schweigen von der zweiten Mine.

Was hieß, dass er weitere Projekte anstoßen konnte.

Kaolin, Quarz und Feldspat. Geschulte Töpferinnen und Künstlerinnen, danach stand einer Porzellanherstellung stand nichts mehr im Wege. Wenn man mal davon absah, dass es sowohl bei den Kiropees noch bei den Arachos keine freien Arbeiter mehr gab!

Der stetig anwachsende Bedarf an weiteren Unterkünften band wiederum viele Handwerker.

Einer der Händler kam zu ihm und beklagte sich, über die zu langen Lieferzeiten. Nach einem ausführlichen Gespräch bat er Kilané, Sinoa und Kalaté hinzu.

»Wir werden in weitere Öfen, sowie in die zugehörigen Arbeitsstätten für die Eisen- und Stahlherstellung investieren müssen. Die Kosten spielen keine Rolle, die übernehme ich. Aber unser Gesamtkonzept wird gründlich umgestellt! Außer einer oder zwei Schmieden für den Eigenbedarf, streichen wir alle anderen von unserer Lohnliste. Diese arbeiten ab sofort selbstständig und in Konkurrenz zueinander. Wer gut und viel arbeitet und neue Ideen hat, kann auch seinen Ertrag selbst bestimmen. Konkurrenz belebt das Geschäft! Faulpelze und Nieten füttern wir nicht mehr durch. Wir selbst stellen keine Metallwaren für den Verkauf mehr her. Gut wäre es, wenn sich viele der bisherigen Schmiede an anderen Orten, möglichst weit verstreut, niederlassen. Jeder bekommt von uns eine finanzielle Starthilfe.«

Faunisch lächelnd fügte er hinzu:

»Wir liefern überall hin nur noch Eisen und Stahl! Unser einziges Ziel: Die Qualität und Menge zu steigern! Zudem werden wir das Thema Stahllegierungen angehen, das heißt, andere Metalle und Materialien beimischen, um die Eigenschaften zu verbessern!«

Er legte eine kurze Pause ein.

»Genauso verfahren wir mit der Ziegelei. Nur noch Eigenbedarf! Die frei werdenden Arbeiter werden großzügig ausgezahlt und ermuntert, sich ebenfalls irgendwo selbstständig zu machen. Damit reduzieren wir unsern Bedarf an Handwerkern, Unterkünften und Versorgungsaufwand erheblich! Auch die andauernde Drängelei durch die Händler entfällt. Spezialisierung nennt man das! Jeder erzeugt, was er am besten kann!«

Gut eine Minute saßen sie fassungslos da, das Gehörte verarbeitend. Danach, immer lebhafter werdend, entstand eine Diskussion mit vielen Fragen. Er sorgte dafür, dass nebenher genügend zum Trinken und Essen bereitstand. Sie hatten schnell erkannt, dass vieles einfacher und übersichtlicher wurde.

Vor allem die andauenden Streitereien und Eifersüchteleien unter den Handwerkern waren sie elegant los.

»Was wird aus der Goldschmiede?« Kilané natürlich.

»Da es sich dabei primär um Kunst handelt, also um reinen Schmuck, der nicht dringend benötigt wird, ändern wir an dieser Stelle nichts!«

Nach gut zwei Stunden hatten sie vorläufig alles beredet.

Sinoa und Kalaté erhoben sich und gingen. Kilané blieb sitzen.

Fragend sah er sie an.

»Antpui, bitte sehen Sie sich einmal um.«

»Ja?«

»Die Bäche und Kanäle führen genügend Wasser. Aber von oben fehlt Regen, welcher den Staub von den Blättern spült!«

Wo sie recht hatte, hatte sie recht.

Ein Blick zum Himmel zeigte ihm heranziehende Kumuluswolken. Also waren seine Monitorkugeln mal wieder gefragt.

»Fliegt sofort zum Meer! Besorgt je zwei Kilo Natrium- und Kaliumchlorid! Ganz fein mahlen oder stampfen, anschließend mischen! Mit dem Gemisch die Wolken ›impfen‹. Silberjodid wäre zwar besser, aber kurzfristig nicht zu bekommen. Ausführen!«

Natürlich verstand Kilané kein Wort, da er seine Anweisungen stets in der ›Zaubersprache standardgalaktisch‹ erteilte. Sie getraute sich aber nicht, genauer nachzufragen.

»Leider kenne ich nur einen einfachen Regenzauber. Vielleicht wäre das eher etwas für unsere Schamanen.«

Er erhob sich.

»Wenn Sie gestatten, nehme ich jetzt erst einmal ein erfrischendes Bad. Einige Runden schwimmen, bekommen mir nach der langen Diskussion zur Entspannung sicherlich gut!«

»Darf ich bitte mitkommen?«

»Ja, gerne, warum auch nicht. So wie ich sehe, befinden sich bereits einige im Wasser.«

Gemütlich liefen sie zum Badeteich. Dabei fiel ihm auf, dass sich anscheinend die Haustiere wie Gänse, Ziegen und Hasen prächtig vermehrt hatten. Wobei das Ziegengehege seiner Meinung nach, sehr groß war. Auf seine Frage hin, lächelte Kilané und meinte:

»Wie trennen immer wieder einen Teil ab und bepflanzen diesen mit Büschen und kleinen Bäumen. Inzwischen fressen die Tiere im freien Teil ratzeputz alles weg. Demnächst werden wir die Ziegen kräftig reduzieren müssen. Wir kommen mit anpflanzen kaum noch nach!«

Fein! Jungziegenbraten aß er besonders gern. Ein zarteres Fleisch gab es weit und breit nicht!

Hasen waren allerdings auch nicht zu verachten!

Sein Nachfragen ergab, dass die Haustiere neuerdings den Fleischbedarf mehr als deckten! Na und? Besser als anders herum.

Inzwischen waren sie angelangt. Kilané zog sich völlig aus und sprang unbefangen ins Wasser. Etwas zögernd folgte er ihr, nicht ohne vorher noch einen Blick zu Himmel zu werfen. Schau an, die bisher strahlend weißen Wolken verdunkelten sich zusehends.

Kaum dass er im Wasser war, warnte ihn seine Monotorkugel leise:

Schnell stieg er aus dem Wasser und forderte alle auf, ihr Bad zu beenden und umgehend Schutz zu suchen. Dabei wies er auf die dunkel drohenden Wolken.

»Kilané! Wenn Sie wollen, biete ich ihnen Sicherheit in meinemZelt an!«

Besorgt sah er sich um, ergriff ihre Hand und zog sie einfach mitsich. Kaum dass sie noch Zeit zum Anziehen fanden.

Ganz schafften sie es nicht mehr. Keine hundert Meter vorher fielen die ersten, ungewöhnlich großen, dabei eiskalte Tropfen. Sekunden später regnete es in Strömen. Als sie sein Zelt erreichten,waren sie bereits klatschnass!

Schnell zogen sie sich erneut aus. Im hinteren Teil des Zeltes stand eine mit Holz gefüllte Feuerschale aus Bronze. In der kleinen Truhe daneben befand sich unter anderem ein Feuerzeug. Umgehend angezündet und gleich darauf begann sich die Luft zu erwärmen.

Ferner Donner zeugte von einem nahenden Gewitter.

Kilané hatte sich hingelegt und zugedeckt. Zuerst noch die Türmatte befestigt und er legte sich, ohne groß nachzudenken, hinzu.

Darauf hatte sie schon lange gewartet. Die Falle war endlich zugeschnappt.

In der nächsten Sekunde saß sie rittlings auf ihm, ihn fest umschließend.

Danach dachte er nichts mehr, genoss, was Kilané ihm anbot.

Lange Zeit später, der Regen trommelte auf das Zelt, waren sie eng umschlungen eingeschlafen.

*

Ob er nicht doch eine kleinere Wolke hätte auswählen sollen?

Einerseits war der Platzregen gut für viele der Pflanzen gewesen, jedoch nicht unbedingt für die kleineren. Die waren ganz schön weit fortgespült worden! Hier mussten zukünftig wasserableitende Schutzgräben vorgesehen werden. Und um die Beete Umrandungen aus Holzbrettern. Viele der Bewässerungsgräben mussten erweitert werden, die Ränder mit Faschinen gesichert.

Beim Biberteich hielten sich die Schäden in Grenzen, zumal die fleißigen Tierchen sich sofort daran gemacht hatten alles auszubessern und die Dämme zu verstärken.

Die Arachos kamen nicht so gut weg. Der bisher harmlos durchs Dorf fließende Bach war kurzfristig zu einem reißenden Strom geworden.

Geschah ihnen ganz recht! Vor einigen Wochen, anlässlich eines Besuches beim Häuptling, hatte er ihnen nahegelegt, den Bach zu verbreitern und zu vertiefen. Sie versprachen ihm hoch und heilig, sich umgehend darum zu kümmern. Getan hatten sie nichts!

Zumindest hatten alle daraus gelernt! Hoffentlich ...

Was die Kiropees anbetraf, hatten ebenfalls nur wenige Zelte dem Starkregen standgehalten. An vielen Stellen undicht, waren sie voll Wasser gelaufen. Die Abdeckungen an den nach oben offenen Zeltspitzen, die den Rauch abziehen lassen sollten, waren in vielen Fällen zu klein ausgefallen.

Nicht bei seinem Zelt! Dafür hatte er bereits beim Zeltbau darauf geachtet. Nicht zu vergessen, die doppelten Planen.

118

Nach ein paar Tagen waren alle Schäden behoben.

Bei den Hochöfen hingegen kamen sie nicht so glimpflich davon! Man konnte es auch Totalschaden nennen. Nicht auf stabilem Grund errichtet, war einer umgestürzt und die restlichen zwei standen bedenklich schief! Was bedeutet, dass sie die Eisenproduktion umgehend einstellen mussten. Der Untergrund hatte sich durch den Regen erweicht, hatte die Öfen teilweise unterspült.

Natürlich kamen sie erst einmal zu ihm.

»Reißt alles ab! Wir wollten sowieso die Produktion erweitern. Jetzt haben wir die Gelegenheit, sie neu und auch deutlich größer aufzubauen. Zudem sollen alle eure Erfahrungen mit einfließen. Setzt euch mit den bisherigen Arbeitern an einen Tisch. Dabei kommen von ihnen sicherlich Verbesserungsvorschläge. Seht es als Chance, dass man durch einen sorgfältig geplanten Neuaufbau sowohl die Schmelzöfen, als durch verbesserte Fertigungsabläufe, die Produktion erheblich steigern kann. Selbstverständlich müsst ihr gleichzeitig die Kohle- und Erzförderung steigern, eventuell solltet ihr auch den Transport besser organisieren. Überlegt euch ein paar Tage lang alles gut, bevor ihr loslegt! Und vergesst nicht, vorher jeweils den Untergrund sicherer zu machen!«

Das leuchtete ihnen sofort ein.

»Wir richten sofort eine Planungsabteilung ein. Würden sie sich bitte deren Vorschläge ansehen, bevor wir Fehler machen?«

Warum auch nicht. Derzeit war er ziemlich unterbeschäftigt, seine Monitorkugeln auch. Deshalb nickte er zustimmend. Seine mechanischen Helferlein würden sich vor allem um das Thema Statik kümmern.

Keine drei Wochen später nahm der erste Hochofen seinen Betrieb auf.

Und arbeitete ausgezeichnet. Alle waren begeistert. Sie waren wieder lieferfähig!

Nach weiteren zwei Monaten standen sechs Öfen zur Erzverhüttung zur Verfügung.

Zwei zusätzliche, speziell konstruierte Koksöfen beschleunigten die Umwandlung von Kohle zu Koks erheblich.

Der Weg von Kohlegewinnung zu der Kokerei wurde so ausgebaut, dass er überwiegend flach verlief und praktisch keine Unebenheiten mehr aufwies. Kleine, zeitweise auftretende Rinnsale, wurden auf stabilen Holzbrücken überquert. An einer Stelle wurde ein winziger Hügel mit einem Durchbruch versehen.

Ein paar zusätzliche Hauer eingestellt ....

Also alles im grünen Bereich!

*

Da er wieder viel Zeit hatte, ging er das nächste Projekt an.

Ein stabiles Haus mit Glasbausteinen gebaut, welches der Einfachheit halber identisch mit dem war, in dem die Münzprägung eingerichtet war, und er konnte seine nächste Idee präsentieren.

Vorerst arbeiteten dort lediglich zwei Töpferinnen, eine Künstlerin sowie zwei, drei kräftige Männer zur Beschaffung von Kaolin, Quarz und Feldspat.

Ein Ofen zum Brennen der Teile und fertig war die Porzellanherstellung!

Wie erwartet, schlug das neue, filigrane und doch so stabile Produkt voll ein!

Die Leitung der Töpferei und weiteren Ausbau übergab er an Kilané. Sie war erst einmal beschäftigt und anscheinend selbst am Töpfern interessiert. Ihm konnte es nur recht sein.

Er hatte noch viel mehr vor!

*

Es war so weit.

Immer wieder aufgeschoben, aber jetzt ...

Hanf, Baumrinde, Bast, Flachs, Stärke als Leimstoff

Hinzu kamen Brenneselfasern, weitere Pflanzenfasern, Sägemehl und Holzschliff. Einweichen und wieder einweichen. Mischen und in einer Bronzeschütte trocknen, pressen und wieder zerreißen, Mischung ändern, wiederum von vorne anfangen.

Zellstoff und verschiedene Holzstoffe.

Versuche um Versuche. Arbeitsprozesse entwickeln, testen und erproben.

Durch Rückschläge keinesfalls entmutigt, hatte er nach vielen Wochen endlich, was er wollte: Papier!

Zumindest dessen Vorläufer, dennoch zum darauf schreiben einigermaßen geeignet.

Das bisher verwendete Pergament aus Tierleder hatte bald ausgedient.

Zwei Männer und vier Frauen.

Fest angestellt und unter Hypnose geschult. Weitere, verbesserte Schütten und Pressen bewirkten, dass eine für den Anfang ausreichende Papierproduktion anlief. Dachte er.

Was bisher ohne Papier ging, einfache Holztafeln wurden mit Kohlestiften oder Kreide beschrieben, musste jetzt unbedingt auf Papier umgestellt werden. Zum Verzweifeln!

Immerhin machte er es sich bei der Tinte einfach: Ruß, Wasser und Leim. Als Schreibstift eigneten sich Gänsekiele. Allerdings erst nach vielen Versuchen, den Kiel richtig zuzuschneiden.

Also musste er demnächst bei den Goldschmiedinnen vorbeisehen und sie dazu zu bringen, kleine Metallschreibfedern herzustellen. Eine der Monitorkugeln hatte ein Dutzend aus Rotgold gelasert und mit einem Bronzegriff versehen. Jetzt mussten die Damen zeigen, inwieweit sie ähnliche Schreibfedern herzustellen in der Lage waren. Was ihnen nach kurzer Zeit tatsächlich mehr oder weniger zufriedenstellend gelang.

Ausgezeichnet! Das Thema Papier und Schreiben war für ihn erledigt! Ab sofort mussten selbst für die weiteren Verbesserungen sorgen!

Da alle ihn weiterhin nervten, anstatt selbst nach Lösungen zu suchen, gab es nur eines: Verschwinden!

Zu den Kertans beispielsweise! Gedacht getan.

Tarnmodus eingeschaltet und schon war er verschwunden.

Danach mit Vollschub zu den Kertans.

Verwundert sah er sich um. Die Hochöfen zur Bronzegewinnung waren wieder voll in Betrieb, die kleineren zur Glasherstellung ebenfalls.

Doch wo waren die Werkstätten hingekommen? Die Glasbläsereien fehlten genauso!

Verblüfft trat er näher.

Als sie ihn erkannten wurde er mit lautem Hallo begrüßt. Und sofort zum Essen eingeladen.

Auf seine vorsichtige Nachfrage gaben sie ihm offen Auskunft:

»Wir haben uns von allen Fertigungsstätten getrennt und liefern nur noch Rohglas an die Händler. Genauso verkaufen wir nur noch Bronze und Messing, dafür keine Endprodukte mehr. Alles geht in die Stadt. Dort kann gezielt, auf den aktuellen Bedarf zugeschnitten, gefertigt werden. Ach, ja, Koks liefern wir auch noch!«, schloss er zufrieden. Ein anderer meinte.

»Wir beliefern nur noch einen einzigen Kunden, das Rumgestreite mit vielen Einzelkunden und deren tausend Sonderwünsche entfallen. Für uns ist dies eine große Erleichterung!«

Was für ihn hieß: Ab nach Hause! Wie lief es dort?

Zum ersten Mal legte er sich die Frage vor: Woher kommen eigentlich die Händler?

*

Aus der Stadt, wie er von Kalaté aufgeklärt wurde.

Natürlich wusste niemand, wo die Stadt lag, geschweige denn wie sie hieß. Nur dass die Händler Koks, Eisen und Stahl in unbegrenzter Menge aufkauften. Kam ihm doch bekannt vor, oder? Noch während er sich unterhielt, trat ein Mann heran, an seiner Kleidung unschwer als Kaufmann zu erkennen.

»Guten Tag, Kalaté! Wir würden gerne eure komplette Papierherstellung aufkaufen. Wäre das denkbar?«

Der zögerte und mit einem Seitenblick an ihn:

»Kommen Sie bitte Morgen wieder, ich muss das mit meinenKollegen besprechen!«

Der Händler nickte:

»Gerne, darf ich mir einstweilen die Papierherstellung ansehen?«

»Aber ja, wir haben keine Geheimnisse.«

Der Mann entfernte sich. So langsam bekam er den Eindruck, dass sein Besucher eher ein Industriespion war als ein Kaufmann. Was wohl für alle bisherigen Händler galt.

Komisch, zum ersten Mal fiel ihm auf, dass alle Käufer denen er bisher begegnet war, ähnlich gekleidet waren, sozusagen wie uniformiert wirkten.

Irgendwie hatte er da so einiges übersehen. Seine Monitorkugeln auch. Dämliche Blechbüchsen.

Fragend sah Kalaté ihn an. Nachdenklich antwortete er:

»Morgen, bei der Verhandlung, will ich dabei sein und ihn nach den Gründen fragen! Es sieht so aus, als ob alle Fertigungen für Endprodukte aufgekauft und an einem zentralen Ort, vermutlich in der ominösen Stadt zusammengefasst werden. Wir, sowie andere, sind nur noch Rohstofflieferanten!«

*

Der Händler zierte sich nicht und gab bereitwillig Auskunft:

»Wenn ihr zum Beispiel Messer oder Beile und so herstellt, dann nehmt ihr einfach an, dieses oder jenes Produkt wird gerade gewünscht. Ihr habt schon längst den Kontakt zu den Endkunden verloren, derweil wir immer genau wissen, was bevorzugt gebraucht oder was kaum benötigt wird. So kann die Warenherstellung gezielt gesteuert werden. Zudem entstehen beispielsweise Teile für andere Zünfte wie die der Weber, welche unsere Webstühle sowohl von der Qualität als auch von der Lebensdauer her wesentlich verbessern! Teile, welche ihr aus Unkenntnis niemals anfertigen würdet. Unsere Gilden stehen in regem Austausch miteinander, um ihre Fertigungsprozesse zu optimieren. Und um schnell auf Kundenanforderungen reagieren zu können. Auch Transport und Verpackungskosten werden durch eine stets gleiche Rohstofflieferung verbilligt!«

Schau an! Das waren ziemlich einleuchtende Argumente! Zudem konnten sie in den Zünften untereinander bei Bedarf das Personal, sprich die Arbeiter, gesteuert einsetzen. Wirklich, auf diese Zeit bezogen, genial!

Modernes Industriemanagement sozusagen.

Gleich Morgen würde er die Stadt aufsuchen. Inkognito, selbstverständlich.

*

Die Stadt!

Vor einer Woche hatte er sie besucht und sich gründlich umgesehen. Dabei erfuhr er den Namen, Patranas, der so gut wie nie verwendet wurde. Alle nannten sie nur ›die Stadt‹. Ein großer freier Platz, um diesen herum standen Hütten, Blockhäuser und mehrere Steinhäuser. Eine Ordnung war nicht zu erkennen. Alles jedoch recht stabil aussehend, keine Zelte.

Um die Kernstadt herum lagen deutlich voneinander abgetrennt die Bezirke der einzelnen Gilden, wobei die neu hinzugekommenen wie die Glashütten, Eisenschmieden und Bronzegießereien durch ihre qualmenden Schornsteine auffielen.

Im Kernbereich wohnten rund siebenhundert Personen, weitaus mehr als Stämme der Kiropees, Arachos und Kertans zusammen aufweisen konnten. Mit allen Gilden und Zünften zusammen waren es mehr als tausend Einwohner. Für hiesige Verhältnisse nahezu eine Großstadt.

Da sie jedoch weder Fäkaliengräben und schon gar nicht eine wie auch immer geartete Kanalisation aufwies, stank die Stadt entsprechend. Was niemanden zu stören schien.

Die Wege? Ausgefahren und teilweise matschig.

Immerhin besaßen sie eine, von einem nahegelegenen Berg kommende Frischwasserzuführung, sodass niemand auf durch Fäkalien verseuchtes Brunnenwasser angewiesen war.

Trotzdem, nichts wie weg!

*

Jede Werkstatt benutzte andere Längenmaße und Gewichte.

Seine Monitorkugeln bekamen den Auftrag entsprechende Metalle zu finden und daraus eine Edelstahllegierung mit einem Ausdehnungskoeffizienten von ›Null‹ herzustellen. Daraus drei Metallblöcke gegossen und mit einem Präzisionslaser auf hundert mal zehn Zentimeter im Quadrat zurechtgeschnitten. Auf einer Längsseite noch eine Zentimeter- und Zehnzentimeterskala per Laser aufgetragen und fertig war das Referenznormal für einen Meter.

Zweimal für die Stadt, einmal zum Verbleib.

Aus dem gleichen Material je drei Würfel angefertigt, mit einem Gewicht von einem, fünf und zehn Kilogramm, bezogen auf die Höhe des Mittelpunktes der Stadt. Auch hier wurde das Gewicht aufgebracht.

Jetzt nur noch heimlich die Führung der Händler und die Gildemeister unter hypnotischer Beeinflussung versammelt und über den Sinn und Zweck der Referenznormale unterrichtet.

Kalaté bekam mehrere Würfel mit je hundert Kilogramm. Ab sofort würden Eisen und Koks nach Gewicht verkauft und berechnet werden. Hinzu kamen noch zwei Messbecher für einen und zehn Liter.

Alles in allem ein guter Anfang!

*

Viele Fragen mussten geklärt werden:

Gab es irgendwo offen zu Tage tretendes Erd- oder Steinöl? Wuchsen auf diesem Planeten Gummibäume, auf welchem Kontinent auch immer?

Gab es ausreichend verschließbare Metallfässer zum Auffangen und Lagern der Destillate?

Waren seine Schmiede oder die aus der Stadt nach einer Hypnoseschulung in der Lage, Glockenböden aus Bronze- oder Eisenblechen anzufertigen?

Und vor allem: Konnten sie daraus letztendlich einen Destillationsturm bauen?

In einem ersten Schritt ließ er drei weitere, großzügig mit Glasziegeln und Dachziegeln versehene Arbeitsstätten errichten. Zum Glück besaßen die Kertans noch die dafür benötigten Gussformen, sie hatten diese nicht an die Händler abgegeben.

Ester Schritt: Aufbau einer kleinen Anlage zur destillierten Fraktion von Erdöl. Das Schweröl benutzte er zum Heizen der Destillieranlage. Das Leichtöl sollte den zukünftigen Antrieb eines Traktors ermöglichen.

Im zweiten Schritt ging es ans Eingemachte.

In einem Nebenraum setzte er die im Werkstattbereich gefertigten Teile zusammen. Ein eisernes Rad, Grauguss, Durchmesser einen Meter.

Dazu kam ein fünfzig Zentimeter durchmessender und einen Meter langer Bronzekessel, Wandstärke etwa drei Zentimeter.

Eine extreme Schwierigkeit stellte die Anfertigung von Kupferrohren dar. Es dauerte einige Zeit und viele Versuche, um diese mit dem Strangpressverfahren zu erzeugen. Dies geschah in einem weiteren Raum.

Ein Zylinder mit Ein- und Auslassöffnungen, in dem ein auf einer Stange befestigter Schieber zwischen zwei ziemlich dichten Lagern hin- und herlaufen konnte. An einem Ende der Stange war eine Pleuelstange angebracht, deren anderes Ende am Rad befestigtwar. Gegenüber saß auf dem Rad, nach innen zu, ein Ausgleichsgewicht, um die durch die Pleuelstange zwangsweise entstandene Unwucht auszugleichen.

Stufenlos einstellbare Absperrhähne, ein Drehzahlbegrenzer, ein Thermometer und ein Druckanzeiger.

Muttern und Schrauben? Durchmesser dreißig Millimeter und mehr? Jeweils eine Wendel aus Vierkantstahldraht in die Gussform eingelegt ergaben hervorragende Gewinde..

Dank der diskreten Unterstützung durch seine Monitorkugeln lief nach bereits zwei Monaten in einem kleinen Raum die erste Dampfmaschine. Ein Lederriemen auf dem Rad übertrug die Kraft über eine Transmission in einen geräumigen Nebenraum. Dort sollte jetzt eine an die Transmission anschließbare große Drehbank entstehen, um zukünftig große Achsen herzustellen. Auch eine Metallsäge musste gebaut werden, und ... und ...

Eine Heidenarbeit.

Ein gutes halbes Jahr später fuhr der erste mit Leichtöl beheizte Dampftraktor im Freien umher!

Ein toller Erfolg auf der ganzen Linie!

Sehr zum Leidwesen der Händlerspione galt: Zutritt verboten!

Natürlich standen sie sofort auf der Matte, wollten den Traktor mitsamt Fertigung und Mitarbeitern aufkaufen. Und mit der Destillieranlage. Dabei bissen sie auf Granit!

In einigen Wochen den zweiten Wagen, vielleicht. Ohne Fertigungsunterlagen.

Wenn sie ihn zerlegen und nachbauen wollten, viel Spaß! Zumal sie von der kleinen Dampfmaschine im Inneren des Gebäudes und der Strangpresseinrichtung nichts ahnten!

*

Während sie einen zweiten Traktor aufbauten, wurde der erste nach allen Regeln der Kunst getestet. Die maximal Geschwindigkeit und Reichweite lagen deutlich über den Erwartungen. Mit sichabwechselnden Fahrern fuhren sie eine Woche lang ununterbrochen mit drei voll beladenen Anhängern zwischen der Kohleförderung und den Hochöfen hin und her.

Danach wurde die Maschine vorsichtig zerlegt und die Lager aufVerschleiß hin untersucht.

Vor allem die Radlager mussten verbessert werden. Durch Einsetzen einer Stahlbuchse ins Rad war dieses Problem schnell behoben. Zudem erhielten praktisch alle Lager einen einfachen Einzelpunkt Schmierstoffspender, dessen offenes Oberteil aus Glas war. Man musste nur rechtzeitig nachfüllen.

Und zum Schluss die größte Schwierigkeit:

Bei Steigungen oder schmierigem Untergrund drehten die Räderoft durch!

Genervt erhielten seine fliegenden Helferlein den Auftrag, einen kleinen Wald aus Kautschukbäumen anzupflanzen.

Deren Latexsaft, vermischt mit Ruß und Schwefel, in eine spezielle Form gepresst und vulkanisiert, ergab nach mehreren Fehlversuchen einen mit kleinen Stollen versehenen Reifen. Eine zweite Form, deutlich kleiner, und auch die Vorderräder waren bereift. Und fertig war der Dampftraktor! Endlich!

Eigentlich hätte er viel lieber einen Dieselmotor gehabt, aber eine Diskussion mit seinen Monitorkugeln ergab, dass er mit den derzeit vorhandenen Mitteln und Materialien keine Chance hatte!

Schwamm drüber!

*

Die Händler gaben keine Ruhe. Mehrfach wollten sie sich sogar gewaltsam Zutritt verschaffen.

Dank der Monitorkugeln hatten sie keinen Erfolg. Sie holten sich nur Albträume, Kopfschmerzen und Gedächtnislücken.

Trotzdem, so konnte das nicht weitergehen.

Lange beriet er sich mit Kalaté, Sirona und Kilané. Woraufhin sie die Leiter der Kaufleute beziehungsweise der größten Handelshäuser einluden.

Welche umgehend ankamen!

Sie baten die Händler in einen ausreichend Platz bietenden Raum, in dem ein ausladender runder Tisch mit Speisen und Getränken bereitstand.

»Meine Herren! Wir bieten Ihnen Folgendes an: Sie erhalten eine Maschine zum Preis von zehn großen Goldwürfeln! Dazu zwanzig Prozent vom Verkaufsgewinn der ersten hundert der von ihnen gefertigten Maschinen. Wir schulen zehn ihrer Mitarbeiter, was vor allem die Herstellung aller benötigten Werkzeuge und Vorrichtungen betrifft. Sie müssen diese selbst herstellen, wir verkaufen unsere nicht!«

Kalaté legte eine kurze Pause ein, den Händlern Gelegenheit zum Nachdenken gebend.

»Die zu schulenden Personen müssen wirklich gute Handwerker sein! Söhne einflussreicher Familien beispielsweise sind hier fehl am Platz. Sie werden jetzt, bei der Besichtigung unserer Fabrikation selbst sehen, welches Wissen erforderlich ist! Bitte folgen Sie mir!«

Das ließen sie sich nicht zweimal sagen.

Bereits bei der Destillation von Erdöl waren sie am Ende. Zu neu, zu kompliziert.

Dann, die kleine Dampfmaschine als Antrieb einer Transmission. Die Maschinen, welche dadurch angetrieben wurden sollten ...

Und die Strangpressmaschine zum Anfertigen von nahtlosenKupferrohren ...

Sie, als Kaufleute, waren heillos überfordert.

Die Werkzeuge und Vorrichtungen erfassten sie nicht mehr.

Wie erschlagen saßen sie im Anschluss an die Besichtigung um den Tisch.

Süffisant bemerkte Sinoa:

»Ach, übrigens müsst ihr auch die Wagen abändern oder sie überholen euch beim Bergabfahren!«

Trotzdem waren sich die Händler schnell einig: Sie wollten unbedingt das gesamte Wissen erhalten. Koste es, was es wolle! Eswürde ihrer Stadt einen mächtigen Auftrieb geben!

*

Zu ihrer Überraschung waren drei der zehn Personen Frauen!

Eine, vielleicht eines Tages eine Chemikerin, interessierte sich überwiegend für das Thema destillieren von Erdöl. Unter Hypnose erhielt sie ein bisher einmaliges Wissen bezüglich organischer Chemie. Die beiden anderen waren Kunstschmiedinnen, mit Schwerpunkt auf Werkzeugen wie Bohrer, Gewindeschneider und so.

Die anderen?

Einfache Schmiede, Bronzegießer, Formen- und Werkzeugbauer, halt Hilfe für alles, was sonst noch so anfiel.

Wie es aussah, waren sie anfangs kaum in der Lage, sich zu entscheiden, wer was übernehmen sollte. Nach einiger Zeit hatten sie sich jedoch gut eingearbeitet, stellten selbstständig einen deutlich verbesserten Destillierturm her, sowie alle Teile für die ortsfeste Dampfmaschine. Dazu erhielten sie ein eigenes Gebäude, in dem sie sich dem Vorbild entsprechend einrichteten. Was die Schulung anbetraf, konnten sie in der vorhandenen Fertigung mitmachen und lernen.

Da sie nichts langwierig erfinden mussten, nur das bereits vorhandene Wissen übernehmen, ging es verhältnismäßig schnell voran. Nach vier Wochen, alles deutet auf einen Erfolg hin, rief er die alle zusammen.

»So wie es für mich aussieht, weist eure bisherige Ausbildung auf ein gutes Gelingen hin! Ihr habt euch sehr angestrengt und seid mit Feuereifer bei der Sache. Sehr schön! Der Destillierturm ist fast fertig, die kleine Dampfmaschine auch. Hierzu habe ich nun eine Frage: Wie gedenkt ihr alles in die Stadt zu bringen? Dazu kommt, dass ihr dort noch keine geeigneten Räumlichkeiten habt. Stimmt das?«

Darüber hatten sie sich bisher keine Gedanken gemacht, mussten aber zugeben, dass er das richtig sah.

Er wandte sich an den, der bisher meist der Wortführer war.

»Mein Vorschlag: Sie reiten demnächst in die Stadt und reden mit den zuständigen Personen. Dann kommen Sie mit zwei Bauspezialisten zurück, die das Gebäude hier vermessen und anschließend ein gleiches in der Stadt errichten. Zweitens gibt es bei euch, meines Wissens nach, viele unterbeschäftigte Tagelöhner. Meine mir unsichtbar zu Seite stehenden Helfer markieren einen Weg von der Stadt bis hierher, welcher keine unüberwindbaren Hindernisse aufweist. Schneisen durch Wälder und eventuell Einschnitte durch nicht allzuhohe Hügel legen grob meine Helfer an. Brücken über Bäche und Ähnliches müsst ihr selbst bauen. Einverstanden? Drittens, der oberste Gildenführer bekam von mir Messnormale für Länge und Gewicht. Er hat sich redlich bemüht, das ganze Durcheinander der verschiedenen Maßeinheiten bei den anderen Gilden zu beseitigen, aber er stieß auf taube Ohren und ist nun frustriert. Er soll sie euch geben!«

*

Heute war Unterricht angesagt!

Zuerst bekamen sie, wie schon einige der Kiropees, hypnotischen Unterricht in Lesen, Schreiben und den Umgang mit Dezimalzahlen.

Danach stand Geometrie an erster Stelle.

A-Quadrat plus B-Quadrat gleich C-Quadrat. Jeder Winkel im Halbkreis ist ein Rechter. Kreisumfang und Durchmesser? Mit Pi auf zehn Stellen genau, kein Problem. Wurzel aus Zwei, ebenfalls zehn Nachkommastellen. Wurzelziehen von Hand? Mühsam aber machbar.

Zusätzlich ein Grundwissen um Temperaturen, Druck, Beschleunigung und Geschwindigkeit.

Damit konnten sie das Prinzip ihres Dampfwagens verstehen. Die Frau, welche sich von Anfang an um die fraktionierte Destillation gekümmert hatte, sowie ihr männlicher Helfer erhielten ein umfangreiches Wissen in den Bereichen Chemie, Physik und Strömungslehre.

Nachdem sie gelernt hatten, die neuen Kenntnisse anzuwenden, waren alle hellauf begeistert und zufrieden.

Danach lief, bezogen auf ihren Dampfwagen, alles noch besser voran.

*

Nicht immer war eine Monitorkugel notwendig. Eine kleine Spionageeinheit, unsichtbar fliegend, genügte in diesem Fall völlig. Der Rat der Stadt stimmte mehrheitlich seinen Vorschlägen zu.

Ein geeignetes Gelände für die Traktorfertigung war schnell festgelegt und, geführt von einem erfahrenen Waldläufer, machten sich zwei Hausbaumeister auf den Weg.

Die Sache mit einem gut befestigten Weg würde ihnen einen direkten Zugang zu Kohle, Koks und Erzen bescheren. Das eröffnete ihnen für die Zukunft weitere Verdienstmöglichkeiten.

Für einen Moment sahen sie erschrocken drein.

Urplötzlich lag vor ihnen auf dem Tisch ein weißes Blatt Papier mit einer gut lesbaren Schrift:

›Folgen Sie den rotweißen Markierungen‹

Nach kaum zehn Wochen besaßen sie einen eigenen Dampftraktor. Aufgrund mehrerer zusätzlichen Ebenen im Destillierturm erzielten sie auch hier hervorragende Ergebnisse. Paraffin zum Beispiel. Und feinstes Lampenöl.

Was ihn bewog, einen weiteren Vorschlag zu unterbreiten:

»Bis der Weg zur Stadt fertig ist, vergeht noch einige Zeit! Also baut noch schnell einen zweiten Dampftraktor. Das Material geht auf meine Kosten! Ich nehme an, dass man euch einen wegnimmt und überall herumzeigt. Da ist es ganz gut, wenn ihr einen weiteren als Muster und zum Fahren üben habt.«

Was selbstverständlich sofort angenommen wurde.

»Dafür müsst ihr unseren bisherigen, relativ einfachen Destillierturm nachrüsten, damit wir bei beiden Türmen die gleichen Ergebnisse erzielen.«

Auch das wurde akzeptiert.

*

Endlich war es soweit!

Eine respektable Abordnung aus der Stadt war gekommen, um die Dampfwagen mit allem zu Fertigung benötigten Teile abzuholen. Der Destillierturm war auf zwei speziell angefertigte Wagen verladen, die kleine Dampfmaschine auch. Zum Personentransport durften zwei mit Bänken versehene Wagen nichtfehlen.

Die Gussformen, die Werkzeuge, die Vulkanisiereinrichtung sollten so schnell wie möglich nachgeholt werden.

Er freute sich! Jetzt kehrte bald wieder Ruhe ein!

*

Er konnte es wirklich nicht lassen!

Andauernd eine neue Idee.

Zuerst bezog er das Gebäude, in dem die Städter untergebracht waren. Wie üblich: Zutritt für nichtbeschäftigte Verboten!

Als Nächstes erhielt der soeben entstehende Dampftraktor eine modifizierte Anhängerkupplung. Etwas aufwändig aber erfolgreich! Hinten am Traktor ließen sich nun verschiedene Platten anschrauben. Eine mit der bisherigen Anhängerkupplung, die zweite, schon deutlich komplizierter mit der Vorrichtung für eine absenkbare Pflugschar, die dritte erhielt statt der Pflugschar eine Fräse, auch Motorhacke genannt, zum Zerkleinern der Erdschollen.

Anhand eines nahegelegenen Brachlandes ließ sich der Pflug bestens demonstrieren. Danach mit der Motorhacke darübergefahren und sie erhielten in kürzester Zeit wertvolles Ackerland. Was bedeutete, dass der nächste Traktor genauso ausgerüstet wurde. Zwei weitere Fahrer geschult und einer begann mit Pflügen, während der andere anschließend mit der Motorhacke fuhr. Außerdem ließen sich bei einem weiteren Durchgang mit einem Metallrechen hinter dem Traktor die meisten der größeren Steine entfernen.

Er war zufrieden. Im Geiste sah er wogende Mais und Getreidefelder vor sich.

*

Nachdem dies erledigt war, musste er sich Schritt für Schritt an sein nächstes Projekt heranwagen. Eine kleine Ausführung eines Hochofens benötigte er, um das Gusseisen einzuschmelzen und mit geeigneten Zusätzen, zum Beispiel mit Kobalt und Nickel, ganz bestimmte Legierungen zu erzeugen.

Ein Schwungrad, wesentlich kleiner als das vom Traktor, musste gegossen werden. Vier verschieden lange Wellen mit exakt gleichem Durchmesser.. Zwei Teile über verschraubte Klammern, gegenseitig nach außen versetzt, ergaben eine ganz passable doppelte Kurbelwelle.

Eine gegossene Halbschale mit zwei Halterungen, um sie am Boden zu befestigen, und fertig war der untere Teil der Ölwanne. Mit einer Schraube im Boden als Ölablass. Der obere Teil der Ölwanne enthielt zwei Öffnungen für die Pleuelstangen mit den Kolben aus hochlegierten Stählen. Dazu mehrere Bohrungen zum Befestigen des doppelten Zylinderblocks. Bis die Kolben einigermaßen, ohne zu klemmen, aber auch nicht zu großem Spiel befriedigend auf und abliefen, verging gut eine Woche. Die Lager für die Nockenwelle und die Pleuelstangen bestanden aus Chrom-Nickelstahl.

Ab jetzt wurde es haarig! Den Zylinderkopf mit den Löchern für die Ventile, die Einspritzungen sowie die Gegenkolben zu gießen und alles anzupassen dauerte recht lange. Weitere vierzehn Tage vergingen. Um die Zylinderfedern einigermaßen hinzubekommen, benötigten sie zusätzlich mehr als eine Woche. Danach mussten die Ventile mühsam geschliffen werden, genauso wie dazugehörigen Ein- beziehungsweise Auslässe.

Vier genau gleiche Kegelzahnräder! Je eines auf der Kurbelwelle sowie eines auf der Nockenwelle. Je zwei auf der Verbindungsachse. Sie bauten eine Vorrichtung auf, bei denen zwei Achsen senkrecht zueinander standen. Die ersten zwei Kegelräder auf die Achsen gesteckt. Das Ergebnis fiel katastrophal aus, sie klemmten vorne und hinten.

Sie hatten sechs Räder gegossen, gefeilt und nach Paarungsversuchen gab es tatsächlich ein verwertbares Paar, welches umgehend gekennzeichnet wurde. Danach legte er alle Räder mit den Zähnen nach oben auf einen an der Seite stehenden Tisch. Unsichtbar machte sich eine seiner Monitorkugeln daran, Rad um Rad, Zahn um Zahn zu vermessen und die Stellen, welche nachgearbeitet mussten, mit einem Kreuz zu versehen.

Inzwischen hatten sich einige Besucher eingefunden, welche die Zylinder und Pleuel, sowie deren Sinn und Zweck, sofort erkannten.

Dies wurde eine kleine, kompakte, dafür aber eine doppelte Dampfmaschine! Allerdings fehlte noch der Kessel. Aber das Gerät war ja noch nicht fertig. Also gingen sie zufrieden wieder.

Nachdem alle die Werkstatt verlassen hatte, gab er die Zahnräder an seine Mitarbeiter.

»Ein Kreuz bedeutet nur sehr wenig abfeilen, zwei heißen andieser Stelle etwas mehr abtragen!«

Immerhin, nach zwei Tagen liefen die benötigten Kegelräder reibungslos.

Einfach Spitze! Jetzt kam der schwierigere Teil: Die Nocken für den Viertakter ausrichten.

Ganz langsam, Zahn um Zahn, drehten sie die Kurbelwelle. Wieder und wieder.

Kleine Differenzen ließen sich durch Verdrehen der Kegelräder um ein oder zwei Grad auf der Verbindungsachse ausgleichen. Vorläufige Luftansaugrohre und Auspuffrohre angebracht.

Letztes Hindernis: die Öleinspritzung.

Je eine winzige Kolbenpumpe pro Zylinder, über die Nockenwelle gesteuert, spritzte beim Ansaugtakt das Öl ein. Die eigens konstruierten Düsen verwirbelten den Treibstoff. Ein Hahn vor den Pumpen steuerte die Ölmenge und damit die Drehzahl.

Getestet außerhalb des Motors!

*

Der große Moment ...

Beide Zylinder erhielten vorher noch einen eigenen Schalldämpfer. Die Kompression war auf einen Mittelwert eingestellt, der Hahn für die Ölzufuhr nur ganz wenig geöffnet. Die Kurbelwelle mit einer nur beim Drehen einrastenden Handkurbel angeworfen.

Zwei, dreimal gekurbelt und erste Zündungen erfolgten. Die Kompression geringfügig erhöht und erneut gekurbelt.

Dank der andauernden Berechnungen und Maßkontrolle durch die Monitorkugeln lief der Ölmotor sozusagen auf Anhieb einwandfrei.

Allerdings nicht besonders leise, was umgehend viele Neugierige anlockte!

Von wegen eine Dampfmaschine! Aber war es dann? Zudem, das Schwungrad drehte sich überaus schnell. Allerdings lief der Motor im Leerlauf.

Den Ölhahn zugedreht, und das Ding blieb praktisch sofort stehen.

Jetzt waren erst einmal gründliche Tests angesagt. Er wischte alle Fragen beiseite.

»Dieser Motor wird eines Tages hoffentlich der Nachfolger der Dampfmaschine. Bevor wir ihn einsetzen können, vergeht noch viel Zeit. In ein paar Wochen sehen wir weiter, dann führen wir das Ergebnis vor und erklären das Prinzip! Und jetzt raus hier, keine Störungen und vorerst auch keine weiteren Besuche! Geduldet euch!«

Mit langen Gesichtern zogen sie ab.

*

Am nächsten Tag rief er seine Mitarbeiter zu sich.

»Jeder von Ihnen erhält eine Sonderprämie von zwanzig großen Goldstücken! Danach erhalten Sie eine Schulung in Physik und Funktionsweise des Ölmotors, damit Sie das, was Sie in den letzten Wochen gebaut haben, von Grund auf verstehen. Anschließend gehen wir alle Teile einzeln durch und überlegen, wie sie besser, zuverlässiger und schneller gefertigt werden können. Generelle Verbesserungsvorschläge sind stets willkommen. Ich danke Ihnen!«

Sie freuten sich sehr, dass ihre Arbeit, wie die Prämie bewies, von ihm ausdrücklich anerkannt wurde.

Jetzt musste der Motor sich auf einem Traktorchassis bewähren.

Der unförmige Kessel mit den Wasserkästen und dem Kamin verschwanden. Das zeitraubende Aufheizen des Wassers, das aufwändige Nachheizen während der Fahrt sowie die Asche entsorgen, entfiel gänzlich!

Dafür kam ein verhältnismäßig kleiner Tank für das Öl hinzu. Einfach nur noch den Ölhahn aufdrehen, Kurbeln und losfahren.

Trotzdem konnte die Dampfmaschine, vorerst zumindest, deutlich punkten. Leichter zu fabrizieren, einfach zu warten und vor allem viel billiger und wesentlich leiser.

Was zu weiteren Maßnahmen zur Schalldämpfung beim Ölmotor führte.

Ein innen mit Gummi ausgelegte Haube reduzierte den Lärm deutlich. Auch das Zusammenfassen der beiden von den Schalldämpfern kommenden Abgasrohre zu einem Schalldämpfer mit nur einem Auspuffrohr, brachte nochmals eine Geräuschreduzierung.

Fein, sehr fein!

In einem Abstand von fünfzig Metern um die Werkstatt errichteten sie einen Sichtschutz. Die Händler durften nichts mitbekommen. Andere möglichst auch nichts. Danach drehten sie, mit Anhängern, unbeobachtet Runden um Runden.

Leider war nur der Motor einigermaßen in Ordnung, nicht jedoch der Traktor als Gesamtprodukt!

Was fehlte, war eine vernünftige Kupplung. Mal sehen, was der Speicher seiner Zeitkapsel an altem Wissen hergab. Treffer! Mit den aktuellen Mitteln durchaus herstellbar. Aber nicht einfach! Eine Kombination aus kraftschlüssiger Kupplung, welche nach Angleichen der Drehzahlen in eine formschlüssige Verbindung überging. Was hieß erneut Präzisionsstahlguss, wiederum verbunden mit tagelangem schleifen.

Eine Heidenarbeit. Aber sie hatte sich gelohnt.

Jetzt fehlte nur noch das i-Tüpfelchen: Ein schrägverzahntes, nichtsynchronisiertes Schaltgetriebe mit drei Gängen! Kupplung und Getriebe waren jeweils in einem eigenen Gehäuseuntergebracht, wobei das Getriebe genau wie die Kurbelwelle vollständig in Öl lief. Was wiederum hieß, eine Kühlung zu entwickeln.

Der Ölhahn war über einen Seilzug an einem Hebel aus dem Führerstand bedienbar, ein Pedal, welches eine Seilzugbremse steuerte, kam hinzu.

Endlich! Viele Monate waren verstrichen, ehe der Traktor mit Ölmotor einigermaßen zufriedenstellend lief! Nach wie vor innerhalb des Sichtschutzes. Jetzt war es an der Zeit, den neuen Traktor offiziell vorzuführen..

Da sich wie gewohnt Spione der Händler in der Nähe herumtrieben, kamen gleich darauf die Leiter der Handelshäuser angerannt.

Und wollten wie gehabt alles haben!

Schluss jetzt, er hatte die Nase gestrichen voll.

Mit den genauen Zeichnungen von Kupplung und Getriebe ging es in die Stadt.

Ihm war bekannt, dass die Städter mehrere der kleinen Dampfmaschinen nachgebaut hatten und damit immer mehr entstehende, neuartige Werkzeugmaschinen antrieben. Schleifmaschinen zum Beispiel.

Jetzt konnten sie zeigen, zu welchen technischen Leistungen sie wirklich fähig waren. Erst wenn sie Kupplungen und Getriebe in der verlangten Qualität fertigen konnten, würden sie Stück für Stück weitere Unterlagen erhalten.

Kalaté, Sinoa und Kilané schauten überrascht drein, als er ihnen einen Plan für den Aufbau einer Traktorfertigung vorlegte. Die Städter fungierten nur noch als Zulieferer von Komponenten.

Zusammenbau des Motors, dessen Einstellung und Prüfung, sollte dann in der neuen Fertigung erfolgen. Auch der Einbau in ein Traktorchassis. Die komplette Prüfung und der Verkauf, dies alles sollte in der Hand der Kiropees und Arachos bleiben!

Er wies sie an, sofort den Bau der Fertigung zu beginnen. Wie üblich übernahm er alle Investitionskosten.

Er selbst brauchte jetzt erst einmal ein paar Tage Urlaub!

*

Ein Sandstrand in der Nähe eines Fischerdorfes.

Mit schmackhaften Meeresfischen und Kokosnüssen, einem regenfesten Unterstand und einer Hängematte. Dummerweise erzählte er von seinen Plänen, woraufhin Kilané umgehend auf der Matte stand und mit wollte. Auch gut, zumindest würde er sich dann nicht einsam fühlen.

Gerade als er vermeinte den köstlichen Duft gebratener Fische zu riechen, kam Kalaté angeschlichen.

Seinen Urlaub würde er wohl verschieben müssen.

»Und was gibt es dieses mal?«

Dass er sich keinesfalls freute, war deutlich zu hören. Kalaté schluckte nervös.

»Antpui, es gibt da ein Problem ...«

Er wartete ab.

Dann fuhr Kalaté mutig fort:

»Die Sache mit dem Zwischengas ... sie können es nicht ... die Fahrer haben das Getriebe zum zweiten Mal ruiniert!«

Oh je, alles nur das nicht, ganz schnell überlegen.

Was er unbedingt vermeiden wollte, war nun eingetreten. Synchronringe! Es war sinnlos, mit den bisher bekannten Techniken sowas aufzubauen.

Während er überlegte, saß Kalaté geduldig wartend auf dem Stuhl neben ihm.

»Höre mir zu! Vielleicht habe ich eine vorläufige Lösung. Geht bitte sofort zu den Städtern und holt die Zeichnungen für das Getriebe zurück. Wir entwickeln ein Neues! Die Kupplung bleibt, wie sie ist!«

*

Das Getriebe musste sich im Stillstand einwandfrei betätigen lassen!

Ein erstes Ergebnis erzielte man, indem die Zähne an den Stirnseiten auf ›Null‹ abgeflacht wurden.

Gleichzeitig die Zahnbreite, ebenfalls im abgeflachten Bereich, drastisch verkleinert und die Flanken abgerundet wurden. Im Stillstand oder bei sehr geringen Drehzahlen glitten sie beim Schalten geräuschlos ineinander.

Die vorläufige Lösung: Je eine Kupplung vor und hinter dem Getriebe, wobei beide mit einem gemeinsamen Hebel gleichzeitig betätigt wurden. Nur bei geöffneten Kupplungen wurde der Schalthebel freigeben. Narrensicher sozusagen.

Eingebaut in das Fahrzeug steuerten verschiedene Fahrer unter Realbedingungen tagelang den Traktor zu den Erzgruben und zurück.

Bis auf ihn waren alle zufrieden. Zwei Kupplungen!

Jedenfalls konnten sie nun die Getriebefertigung freigeben.

*

Drei Quoffs. Je eines für Kilané und ihn und eines fürs Gepäck und den Reiseproviant.

Zehn Tage Urlaub! Mindestens!

Ein kleines Fischerdorf mit höchstens siebzig erwachsenen Einwohnern und vielen herumrennenden Kinder.

Größtenteils offene Hütten, gedeckt mit Palmblättern. An vielen Seitenwänden gab es Holzgitter mit einem dichten Pflanzenbewuchs. Schattenspendend sowie den üblichen andauernden Seewind abhaltend. Und ein wenig auch als Sichtschutz.

Anfangs waren sie sehr zurückhaltend aufgenommen worden. Händler, welche Fische, frisch, getrocknet oder geräuchert gegen allerlei Waren eintauschten, waren sie gewohnt.

Aber Touristen? Welche überwiegend unter Palmen im Schatten lagen, höchsten ab und zu im Meer herumschwammen, ansonsten überhaupt nichts taten, verstanden sie nicht.

Ihr eigener Tagesablauf fiel nicht besonders stressig aus, sodass sie keinen Urlaub brauchten.

Vom Übergang von Bronze- zur Eisenzeit bekamen sie bisher nichts mit. Von Dampfmaschinen auch nicht.

Ihre tägliche Arbeit beschränkte sich überwiegend auf Fischen mit Auslegerbooten, ein wenig Ackerland bearbeiten, Früchte sammeln, Rauchen, schwatzen, ein undefinierbares alkoholisches Getränk zu sich nehmen.

Ein Kind schrie, laut, gellend und schmerzerfüllt. Mehrere Kinder rannten laut rufend in Richtung der Fischerhütten. Natürlich lief er sofort zu dem Kind und kniete sich neben ihm nieder.

Sanft strich er dem Mädchen über die Stirn, ihm tief in die Augen blickend.

In hypnotisch beschwörendem Ton:

»Beruhige dich! Alles wird gut! Du wirst jetzt sehr müde! Wenn du wieder aufwachst, bist du wieder ganz gesund! Schlafe! Schlafe tief und fest!«

Ruhig, gleichmäßig atmend, lag das Kind friedlich da.

»Diagnose?«

»Glatter Unterschenkelbruch. Sir, wenn ich mit einer winzigen Sonde Bioplast in die Bruchstelle spritze, heilt die Verletzung in wenigen Minuten vollständig aus!«

»Sehr gut, sofort durchführen!«

Die in der Zwischenzeit herangekommenen Fischer blieben achtungsvoll stehen, als sie erkannten, dass der Mann mit einem unsichtbaren Geist über ihnen sprach.

Dann erschraken sie.

Das Kind begann zu schweben, von einem blauen Licht umgeben! Welch ein Wunder!

Er beachtete sie nicht und fragte den ihm am nächsten Stehenden:

»Wo wohnt das Kind? Gehen Sie voraus und zeigen es mir!« Bereitwillig steuerte der Mann auf eine der Hütten zu.

Eine Frau trat heraus und starrte das Kind erschrocken an, wurde leichenblass und kippte um. Grade noch, dass er sie auffangen konnte und an Kilané weiterreichen. Sekunden später lag das Mädchen, noch immer friedlich schlafend da. »Wie heißt sie?«

»Corni!«

Sanft strich er der Kleinen über die Stirn:

»Corni! Corni! Aufwachen. Aufwachen.«

Langsam schlug sie die Augen auf, sich gleich darauf lebhaft umsehend. Ihre Mutter stürzte auf sie zu und nahm sie in die Arme.

Gut so! Hier war er überflüssig!

Kaum dass e wieder ihm freien war, humpelte ein älterer Mannauf ihn, auf sein linkes Bein zeigend:

»Bitte, können Sie mir auch helfen?«

Oh je! Eine nässende, offene Wunde, sicherlich sehr schmerzhaft.

»Gehen wir in ihre Hütte!«

Der Kranke legte sich hin, und schaute ihn hoffnungsvoll an.

»Vorsichtig Bioplast aufsprühen!«

Sekunden später sah der Mann verblüfft sein Bein an.

Die Wunde war völlig verschwunden, die Schmerzen auch!

Bevor der Mann ihm danken konnte, nahm er Kilané an der Hand und war schnell gegangen.

*

Vor den Hütten hingen verschieden große und dicke Brettchen mit einem kleinen Knüppel. Einfach draufschlagen und damit meldete sich ein Besucher an.

Jetzt zum Beispiel. Kilané trat heraus.

Vor ihr stand ein kräftiger Mann, ein leise jammerndes Kind auf den Armen tragend, sie flehend ansehend.

»Der Schamane hat gesagt, dass Sira sterben muss! Bitte, helfen Sie ihr!«

Kilané rief: »Antpui! Bitte komme schnell.« Er trat aus der Hütte. Ein Blick genügte.

»Kommen Sie herein und legen Sie Sira auf den Tisch!« Kurz sah er nach oben:

»Diagnose?«

»Blinddarmentzündung, Sir!«

»Sofort Vollnarkose! Sterile Handschuhe, Skalpell, Spreizer und Klammen! OP-Bereich ausleuchten.«

Ehe sie etwas sagen konnten, lagen winzige, silbern glänzende Instrumente neben dem Kind. Blitzschnell öffnete er die Bauchhöhle. Der Mann und Kilané sahen geschockt zu. Die Wunde gespreizt und den entzündeten Wurmfortsatz entfernt.

»Absaugen, desinfizieren und langsam mit Bioplast auffüllen!«

Wie von Zauberhand verschwand die Wunde, auch die Instrumente waren weg!

»Sira, Sira! Wach auf!«

Langsam schlug das Mädchen die Augen auf, sah seinen Vater und streckte ihm die Ärmchen entgegen.

Vorsichtig nahm der seine Tochter hoch.

»Danke, dass Sie mir geholfen haben!«

»Antpui hat nicht Ihnen geholfen,« antwortete Kilané ernst, »sondern einzig und allein dem Kind!«

Der Mann schaute sie einen Augenblick lang nachdenklich an, nickte verstehend, drehte sich um und ging mit dem fröhlich plappernden Kind weg.

Er selbst wandte sich an Kilané:

»Wetten, dass dies erst der Anfang war? Nach und nach werden alle, welche irgendwelche Beschwerden und Wehwehchen haben, hierherkommen. Bevor es losgeht, lass uns noch ein wenig schwimmen!«

Als er vor die Hütte trat, merkte er, dass es dazu bereits zu spät war. Mindestens zehn Personen hockten wartend am Boden, ihn hoffnungsvoll ansehend.

»Kilané, schick sie rein! Aber schön einen nach dem Anderen!«

Nach rund zwei Stunden, es kamen immer wieder welche hinzu, war endlich Ruhe.

Gut! Endlich Zeit zum Schwimmen zu gehen.

*

Doch auch hier bekamen sie keinen Frieden.

Zwei der größeren Kinder, plötzlich zutraulich geworden, kamen heran und baten sie:

»Bitte! Können Sie uns zeigen, wie Sie schwimmen? Bitte!«

Machten sie doch gerne. Da sich die Kinder bisher bereits notdürftig über Wasser halten konnten, waren sie nach gut einer halben Stunde üben ausgezeichnete Brustschwimmer, zehn bis zwölf weitere auch.

»Schluss für heute! In zwei bis drei Tagen, wenn ihr euch mindesten eine halbe Stunde problemlos über Wasserhalten könnt, bringen wir euch den ›Kraulstil‹ bei! Bis dahin, schön üben!«

Auch wenn nicht alle ganz einverstanden waren, Warten lag nicht in ihrer Natur, so mussten sie sich doch bescheiden. Sie würden später sowieso ganz schön dumm aus der Wäsche schauen, wenn ihnen dann aufging, wie kräftezehrend Kraulen gegenüber Brustschwimmen war.

Währen Kilané sich um die Kinder kümmerte, saß er gemütlich vor sich hindösend im warmen Sand an eine Palme gelehnt.

Soeben liefen drei Fischerboote ein. Fein! Nachher würde es gegrillten Fisch mit Kokosmilch und Fladenbrot geben.

Die Netze sahen prall gefüllt aus. Ehe er einschlief, sah er noch, wie Kilané zu den Booten hinlief.

Der frühe Fischer fängt den Fisch. Oder so ähnlich, dachte er und schlief ein.

Unversehens geweckt sah er auf. Vor ihm stand der Vater von Sira, neben ihm ein asketisch wirkender, extrem schlanker Mann.

»Mein Name ist Koulao und ich bin der Anführer hier.« Und auf den neben ihm Stehenden zeigend: »Dies ist unser Schamane und Heiler! Wir bitten Sie, nachher mit uns in der ›großen Hütte‹ heute gemeinsam Mittag zu essen.«

Er nickte zustimmend, was blieb ihm schon anderes übrig?

*

Angenehm überrascht erblickte er das Essen.

Bergeweise Fische frisch gegrillt oder gekocht, Kokosmilch, Fladenbrote und allerlei schmackhafte, saftige Früchte. Eines wurde ihm schnell klar. Mit diesem Mahl waren sie in die Dorfgemeinschaft aufgenommen!

Zuerst unterhielten sie sich eher allgemein, dann kam das Thema ›Wetter‹ zur Sprache.

Es war viel zu trocken und wie der Schamane betrübt zugab, auch die Beschwörungen bei den Regentänzen wirkten nicht mehr!

»Wahrscheinlich könnte ich euch helfen, aber bei meinem letzten Versuch, Regen herbei zu zaubern, gab es ein heftiges Unwetter mit Starkregen, das einigen Schaden anrichtete. Viele unsere Zelte standen danach unter Wasser! Wenn ihr das riskieren wollt ...?«

Sie überlegten nicht lange und stimmten zu.

»Hast du zugehört?«

»Jawohl, Sir!«

»Gut! Sammelt ein paar Wolken per Zugstrahlen aus der Umgebung, wenn es zu wenig sind, dann halt noch ein paar kompaktere aus der weiteren Umgebung! Danach wie schon einmal impfen, aber etwas weniger als bisher! Wir können jederzeit nachsalzen! Ausführen!«

Rundum schwiegen alle andächtig, als sie die ›Zauberworte‹ und die Stimme eines unsichtbaren Wesens über sich vernahmen.

Zufrieden wandte er sich an Koulao.

»Macht schnell! Bindet eure Boote fest an und danach ab nach Hause. Legt euch auf eure Lager, möglichst zusammengerollt.«

Der Himmel begann sich zu beziehen, erstes Wetterleuchten tratauf.

Während viele fortrannten, blieb er ruhig sitzen. Koulao und derSchamane überwanden ihre Angst und blieben ebenfalls am Tisch.

»Wenn hier nun ein Blitz einschlägt, was dann?«, fragte der Schamane.

Aha, Blitzeinschläge kannten sie also bereits.

»Keine Sorge! In der Mitte und am Ende des Dachfirstes haben meine unsichtbaren Helfer Blitzableiter angebracht und an beiden Seiten geerdet. Sobald der Regen vorbei ist, zeige und erkläre es euch!«

Sprach's und aß gelassen weiter. Blitze zuckten, Donner krachte, erste große Regentropfen fielen.

Alsbald stellte sich heraus, dass das Dach nicht besonders dicht war. Was wohl analog hierzu für alle Hütten galt. Unwichtig! Es würde alles wieder schnell trocknen.

Nach einer Stunde war alles vorüber, die Sonne schien und der Boden dampfte. Einige wenige Schäden, verursacht durch die undichten Dächer, waren nasse Stellen in den Häusern. Lästig, aber nicht schlimm.

Allein seine Hütte war zu hundert Prozent dicht geblieben.

Kein Wunder. Bereits in der ersten Nacht, von den Dörflern völlig unbemerkt, ließ er dünne gummierte Gewebe unter die Palmblätter legen. Weniger gut waren ihre Fischerboote weggekommen. Die Jugendlichen mussten sie ausschöpfen.

Hochinteressant war die Sache mit dem Blitzableiter. In paar Fischer hatten beobachtet, wie Blitze darin einschlugen, als feurige Lohe das Dach entlang rasten und im Boden verschwanden, ohne die geringsten Schäden zu hinterlassen. Die Leitungen zur Erde hingegen waren nicht ganz so gut davongekommen. Die Monitorkugeln mussten sie unbedingt vom Querschnitt her vergrößern und mit Abstandshaltern zum Gebälk versehen.

Plötzlich brachen die Kinder in ein fröhliches Gekreische aus.

Die Händler kamen! In dem relativ eintönigen Dorfleben waren sie eine hochwillkommene Abwechslung.

Wie groß war ihr Erstaunen, dass anstatt des bisher üblichen einen Wagens, gleich drei anlangten.

Nachdem er Kilané genau unterwiesen hatte, schritt sie den Händlern entgegen.

Ratlos sehen die Dörfler auf die vielen gummierten Planen.

Sie bat den Fahrer eines der Wagen vor die große Hütte und bat die Fischer, das Dach abzudecken. Zwar hielt er sich im Hintergrund, aber über Koulao steuerte er die Tätigkeiten. Die Händler hatten hunderte von Nägeln mit überbreiten Köpfen mitgebracht, sodass die Planen sicher auf den Dachbalken hielten. Danach die Palmzweige wieder obendrauf gelegt.

Während die Fischer noch rätselten, wozu das gut war, ging Kilané mit Koulao zu ihrer eigenen Hütte und zeigte von unten auf das Dach. Der Begriff sofort, warum diese trocken geblieben war.

»Die gummierten Planen und Nägel sind für euch, damit könnt ihr alle Hüten regensicher abdichten. Wenn ihr ein paar Planen zurechtschneidet und zusammennäht, gibt es zudem gute Abdeckungen für eure Boote!«

Der Anführer der Händler ging zu Koulao.

»Alles was wir auf den drei Wagen hatten, gehört euch. Es ist bereits bezahlt. Eure Fische kaufen wir euch wie bisher ab! Ihr bekommt dafür Geld von uns!«

Koulao konnte nur noch staunen. So richtig begriff er das Ganze nicht. Nach einem gemeinsamen Essen zogen die Händler zufrieden ab.

*

Der Urlaub hatte ihm gutgetan. Wieder voller Tatendrang saß ervor seinem Zelt, Laira zu Füßen.

Kilané war noch im Morgengrauen aufgebrochen, um ihren Bruder zu besuchen. Eine der Frauen der Kiropees, als sie seiner ansichtig wurde, hatte ihn freundlich begrüßt und ihm umgehend ein Frühstück gebracht. Sehr nett!

Nach dem Besuch der Händler blieben sie noch eine Woche im Fischerdorf. Alle Hüttendächer waren abgedichtet, passende Abdeckplanen für jedes Boot angefertigt. Sie wurden in einem der größeren Boote zum Fische fangen eingeladen. Ein paar Worte mit dem Bootsführer und dem Steuermann, sie sahen ihn zwar zweifelnd an, änderten aber dennoch den Kurs. Plötzlich ließ er die Fahrt verringern und die Netze auswerfen.

Keine fünf Minuten später ließ er sie wieder einholen. Was gar nicht so einfach war. Kilané und er mussten kräftig mit zupacken. Die Netze waren prallvoll mit zappelnden Fischen!

Der Bootsführer konnte es kaum fassen. Viel zu viele Tiere, als dass man sie alle im Boot unterbringen konnte.

Zwei der Netze wurden zugebunden und an einer Leine hinterhergezogen. Richtung Fischerdorf.

Als sie am Landesteg anlegten, kamen Frauen mit Körben und leerten das Boot.

Wie groß aber war dann die Überraschung, als sie danach noch die beiden prallvollen Fischernetze an Land schleiften! So einen Fang hatten sie noch nie gehabt! Auf die Verarbeitung einer solchen Anzahl waren sie deshalb auch nicht gefasst. Nun, sie würden damit klar kommen. Auf jeden Fall gab es heute noch Fisch satt. Am liebsten gegrillt und. gut gewürzt.

Morgen würde er angeln gehen. Ganz allein! Einen möglichst großen und schmackhaften ...

Herannahende Schritte rissen ihn aus seinen Erinnerungen.

Schau an, Telentor, der Häuptling und sein Schatten, der Zauberpriester Temuchon.

Er winkte sie heran, auf die Stühle erweisend.

»Antpui, wir ...«

Der Häuptling zögerte. Aufmunternd nickte er diesem zu.

»Wir bitten Sie wieder um Regen! In die Bäche und größere Gräben haben wir Stufen eingebaut, damit das Wasser langsamer fließt. Das gilt auch für die Arachos. Nur wie es in dem gesperrten Gebiet aussieht wissen wir nicht!«

Aha, der meinte wohl das Biotop mit den Bibern. Gut zu hören, dass das ausgesprochene Tabu noch immer wirkte.

»Macht euch keine Gedanken! Die Bewohner sorgen selbst für ihren Schutz! Ihr werdet das gleich selbst sehen!«

154

Er rief einen der wie üblich sich in seiner Nähe herumtreibendenKerlchen zu sich.

»Bitte besorge drei Quoffs, wir reiten nur kurz mal weg!«

Zwei Minuten später ritten sie los. In der Mitte der linken Seite des Biotops ließ er anhalten und stieg vom Pferd. Er bedeutete ihnen zu schweigen und schritt voran. Durch dichtes Gesträuch, bis sie an einem großen, rindenlosen Baumstamm, der am Boden lag, ankamen. Vom Ufer aus legte er eine Spur aus Äpfeln und Karotten hinzu zum Baumstamm. Er setzte sich und winkte den Häuptling und den Schamanen an seine Seite. Minutenlang geschah nichts.

Da, plötzlich, tauchte langsam eine Schnauze mit zwei Nagezähnen auf. Langsam kam ein respektables Tier, mit einem auffällig breiten Schwanz ans Ufer und begann einen Apfel zu verzehren. Gleich darauf folgten ein zweites und ein drittes Tier. Leise auf sie einsprechend lockte er sie, mit Karotten in beiden Händen, zu sich. Vorher reichte er dem Häuptling und dem Schamanen je zwei Äpfel.

Die ihnen bisher unbekannten Tiere kamen zutraulich näher, fraßen ihnen sozusagen aus der Hand.

Als sie merkten, dass es nichts mehr gab, watschelten zwei zum Wasser zurück, während der dritte Biber im Wald verschwand.

Er erhob sich und winkte ihnen, ihm zu folgen. Mit halblauter Stimme erklärte er:

»Die Tiere heißen Biber und sind reine Pflanzenfresser! Sie sind Dammbauer und sorgen dafür, dass ihr Gewässer einen gleichbleibenden Wasserstand einhält. Ihre Baue liegen künstlich errichtet im See oder im Flussufer. Der Eingänge hierzu liegen stets unter Wasser.«

Inzwischen waren sie am Ende des Sees angekommen. Die beiden Kiropees konnten es kaum fassen: Was für ein riesiger Damm aus Bäumen und Ästen! Das hatten sie nicht erwartet. Immerhin verstanden sie den Sinn des Tabus: Er wollte nicht, dass die Biber gejagt und aufgegessen wurden!

Schweigend, nachdenklich, ritten sie zurück. Dem Jungen eine Goldmünze in die Hand gedrückt und der brachte die Quoffs zück in die Koppel.

Sie setzten sich wieder vor sein Zelt.

»Wann wollt ihr den Regen? Möglichst schnell, nach dem Mittagessen oder im Verlauf des Nachmittags?«

Sie überlegten nicht lange.

»Nach dem Mittagessen, dann haben wir am Nachmittag Zeit, noch eventuelle Schäden auszubessern.«

»Ihr habt es gehört? Es darf ruhig ein bisschen mehr sein. Die Arachos haben unter Garantie geschludert und die Sache wieder nicht ernst genommen. Vielleicht lernen sie es endlich. Zuvor bitte noch einen Blitzableiter mit Zubehör anfertigen. Also legt los!«

Wie gewohnt hörten seine Besucher andächtig den Zauberworten zu. Inzwischen kam Kalaté, man konnte es nicht anders nennen, geknickt angeschlichen. Er wurde eingeladen, bei ihnen Platz zu nehmen und mit zu trinken.

In ironischem Tonfall sprach er ihn an:

»Du siehst aus, als ob dir sämtliche Felle weggeschwommen sind. Dabei regnet es,« ein prüfender Blick zum Himmel, »erst in ein paar Stunden! Also, was ist los?«

»Antpui ...« Er zögerte mit der Antwort, ehe er freimütig zugab:

»Die wenigen Getriebe aus der Stadt werden innerhalb kürzester Zeit defekt! Wie haben ein Neues aufgemacht und mit unseren Angaben verglichen. Wir können keine Unterschiede feststellen!«

»Ist gut! Nach dem Mittagessen komme ich mit und sehe mir die Sache mal an, in Ordnung?«

Kalaté nickte erleichtert.

Der Häuptling lud alle zum Essen ein. Während seiner Abwesenheit hatten sie eine größere Hütte gebaut, an drei Seiten mit einer halbhohen Wand versehen, die Vierte blieb offen. Und mit Dachziegel gedeckt. Ein zentraler Versammlungsort, mit Tischen und Bänken. Je nach Bedarf als Speise- oder Versammlungsraum verwendbar. Seine Monitorkugel hatte ihn frühzeitig darüber informiert. Dorthin ging es jetzt zum Essen.

Schau an, ein Teil war abgeteilt und diente als Küche.

Charmant!

Ohne dass es jemand bemerkte, installierten seine Helferlein einen kleinen Blitzableiter auf dem Dach. Nebenan, in rund zwanzig Meter Entfernung, wurde ein Rundholz in den Boden gesteckt und abgestützt. Darauf montierten sie den eigentlichen Blitzableiter mit einem mehrere Meter langen Metallstab. Natürlich würde er den Kiropees nachher alles mühsam erklären müssen. Verstehen würden sie es trotzdem nicht richtig!

Wetterleuchten, fernes Donnergrollen. Die Ersten machten, dass sie in ihre Unterkünfte kamen.

Von einem Moment zum anderen prasselten Regentropfen auf das Dach, ringsum wurde es dunkel und es fiel ein heftiger Starkregen. Da er ruhig sitzen blieb, folgten seine Begleiter seinem Beispiel, wenn auch ein wenig ängstlich. Die anderen Gäste waren längst geflohen.

Das Gewitter kam näher und näher. Feurige Blitze schossen am Himmel entlang. Gleich darauf erschraken die Kiropees zutiefst. Keine fünfzehn Mannlängen entfernt schlug ein Blitz mit einem krachenden Donner ein. Minutenlang waren sie nahezu taub.

Als sie wieder einigermaßen hören konnte, fragte Kalaté:

»Was, was war das eben?«

Er deutete seelenruhig auf den Mast.

»Der Blitz schlug in den neuen Blitzableiter ein. Einen deutlich kleineren haben wir neuerdings auch auf dem Dach!«

Der Häuptling und der Schamane sahen verständnislos drein, indessen Kalaté sich erinnerte. Irgendwann in einer Hypnoseschulung war ihm das notwendige Wissen beigebracht worden. Aber dass es so wie eben auswirkte, darauf war er nicht gefasst! Als das Unwetter abzog, kam unter einem Tisch im Küchenbereich eine junge Frau hervor.

Er winkte ihr zu und bat sie um frisch eingefüllte Krüge.

»Auf euer Wohl, meine Herren. Wenn Kalaté sich von seinem Schrecken erholt hat, kann er alles erklären!« Sprach es, lächelte freundlich in die Runde und trank ungerührt weiter.

*

»Und?«

»Erstens ist die Legierung nicht optimal, sie entspricht nicht unseren Vorgaben, daher viel zu weich, Sir! Zweiten enthält das Ergebnis sehr viele Haarrisse! Mögliche

Ursachen: Gusstemperatur zu niedrig, Gussform nicht vorgewärmt oder zu schnell abgekühlt. Wir haben eines unserer Räder geröntgt: absolut homogen, Sir!«

»Gute Arbeit! Jetzt macht euch auf die Suche nach gediegenem Silizium. Selten, aber es kommt vor. Möglichst auf diesem Kontinent! Anschließend erstellen wir zwei neue, korrekte Bronzelegierungen. Die erste zusätzlich mit zwei Prozent reinem Silizium, die zweite Legierung mit zwei Prozent Quarzsand und fertigen neue Zahnräder an! Wenn diese funktionieren, untersuchen wir, inwieweit sich eine Evolventenverzahnung, notfalls mit neu zu entwickelten Werkzeugen, machen lässt!«

Wie immer hörten sie rundum andächtig zu, wen er mit den ›Geistern‹ sprach.

Vor ihnen lag eines der Getriebe aus der Stadt und sah nicht mehr gut aus.

»Die Zusammensetzung Kupfer zu Zinn ist falsch! Wir stellen zuerst eine korrekte Mischung her und danach zwei weitere gleiche Schmelzen aber mit Zusätzen. Meine unsichtbaren Helfer besorgen diese ›Zuschläge‹. Inzwischen könnt ihr die Zahnräder der Stadt-Getriebe einschmelzen und diese neu verwenden, sobald wir deren Mischungsverhältnis überarbeitet haben!«

Gesagt, getan.

Die vorgeschriebene Mischung funktionierte wie gewohnt, die beiden anderen noch besser, waren aber aufgrund der größeren Härte aufwändiger zu bearbeiten. Bei der Quarzsandmischung fiel zwar eine unbedeutende Menge Schlacke an, welche sich aber leicht abschöpfen ließ. Und da es Quarzsand überall billigst gab, ...

Alles in allem, Problem gelöst.

»Schreibt dieses Mischungsverhältnis und die einzuhaltende Vorwärmung der Gussformen, sowie den genau einzuhaltenden Kühlprozess den Zahnradherstellern vor und bittet einen von denen, zu uns zu kommen. Mir schwebt eine neue Form der Zähne vor! Wir fragen ihn, ob diese mit ihren Mitteln machbar ist«, schloss er zufrieden.

*

Er langweilte sich mal wieder.

Die Getriebe mit neuer Legierung und Verzahnung? Abgehakt.

Eingebaut in mehrere vorgefertigte Öltraktoren und sie konnten umgehend liefern. Zu allererst an die Händler, welche die Kupplungen und Getriebe lieferten. Als diese Traktoren in der Stadt auftauchten, drehten die Städter durch. Der neue Traktor mit Ölantrieb, vielseitig einsetzbar war der Verkaufsschlager!

Also musste, beginnend bei den Zulieferern, die Produktion drastisch erhöht werden. Leicht gesagt, aber wie? Zumal Teile des Motors ebenfalls an bisher unerfahrene Unterlieferanten gegeben wurden.

Hier half nur eines: nichts außer Geduld! Mit der Zeit würden die Werkzeuge und Prozesse verbessert werden. Wer unbedingt meinte, einen Traktor zu benötigen, musste sich weiterhin mit einer ebenfalls weiterentwickelten Dampfmaschine begnügen müssen. Da sie die Unterlagen hierfür freigaben, entstanden alsbald drei konkurrierende Hersteller, welche mit einem Auge in Richtung Ölmotor schielten. Sobald es genügend davon gab, würden sie sich schnell umstellen.

*.

»Ab sofort stellen wir Fertigung von sowohl mit Öl als auch Dampf betriebenen Traktoren ein! Wir geben endgültig auch die letzten Unterlagen frei. Die Gilden der Städter werden sich einigen müssen, wer oder was herstellt oder zusammenbaut. Wir hingegen konzentrieren uns im Wesentlichen auf zwei Hauptbereiche. Den Ersten nennen wir ›Chemie‹. Diese Abteilung erhält ein eigenes Gebäude! Beginnend mit der bisher schon in Grundzügen bestehenden fraktionierten Destillation von Erdöl. Das Verfahren muss stetig verbessert werden. Danach folgen in unseren entstehenden Laboren die Entwicklung von Kunststoffen, Lacken, Farben usw. Die Chemiker werden eine eigenständige Zunft. Um die für die Labore benötigten Hilfsmittel herzustellen, beitreiben wir weiterhin eine auf unsere Belange zugeschnittene Glashütte. Zutritt für Händler verboten!«

Er trank einen großen Schluck aus dem vor ihm stehenden Zinnkrug. Kilané, Kalaté, Sinoa und die beiden Häuptlinge, zusammen mit ihren Schamanen, hörten ihm aufmerksam zu.-

»Zwei weitere Gebäude benötigen wir für im weitesten Sinne für allgemeine Mechanik. Dort entwickeln wir Teile, zum Beispiel welche, die unsere Traktoren verbessern. Wir werden von vorneherein nur Labormuster und einige wenige Prototypen aufbauen. Dazu noch ein Gebäude, um die Teile an bestehenden Traktoren zu testen. Bitte veranlasst umgehend den Aufbau der Häuser. Ihr erhaltet von mir die hierzu benötigten finanziellen Mittel. Alles verstanden?«

Natürlich hatten sie nichts verstanden, trotzdem nickten sie zustimmend. Da sie aber die nächste Zeit mit dem

Bau der Arbeitsstätten beschäftigt waren, hatte er noch jede Menge Gelegenheiten, ihnen alles Stück für Stück zu erklären.

*

Was den Aufbau einer rein chemisch orientierten Abteilung betraf, ging das verhältnismäßig einfach. Das bisherige Gebäude wurde völlig leergeräumt. Der Destillierturm erhielt demnächst zwölf Ebenen und würde damit schon von weitem sichtbar in die Höhe ragen.

Die Frau, welche bisher für die Fraktionierung zuständig war, erhielt die Gesamtleitung sowie vorerst fünf Mitarbeiter unterstellt, ebenfalls unter Hypnose geschult. Einträchtig machten sie sich daran, die benötigte Laborausrüstung zu entwickeln und anzufertigen. Glaskolben und -Röhrchen, Pipetten, Waagen, Brenner und so weiter, und so weiter.

Danach konnten sie die nächsten Jahre erfolgreich arbeiten. Er hatte zudem ihren Arbeitsbereich um Biologie und Medizin erweitert. Er legte großen Wert darauf, dass sie von seiner ›Zaubermedizin‹ langsam wegkamen, eigene Medikamente erzeugten. Jodtinkturen und Salben zur Desinfektion kleinerer Wunden oder zum Beispiel ASS, gewonnen aus Baumrinden zur Schmerzlinderung und Fiebersenkung. Dazu noch eine kleine Kunstschmiede zu Anfertigung von winzigen Zangen und Pinzetten und dergleichen.

Der Aufbau der Mechanik hingegen würde noch etwas dauern.

Zuerst mussten mindestens zwei neue Gebäude stehen.

Gebrannte Lehmziegel hatten sie ausreichend. Was die Glasziegel und Glasdachziegel anbetraf, war umgehend ein Besuch bei den Kertans und in der Stadt notwendig. Dennoch konnten sie mit den Böden und den Mauern bis einen Meter hoch anfangen.

Immerhin, nach zwei Wochen standen die Gebäude, ein drittes war angefangen.

Er rief alle zusammen.

»Im ersten neuen Gebäude richten wir eine Fertigung für ein tragendes Fahrgestell und gefederte Radaufhängungen ein. Ein einfacher Dampfmotor als Antrieb für eine Transmission genügt. Dieser treibt wie bisher die benötigten Werkzeugmaschinen. Grundsätzlich brauchen wir weiterhin einen Rennofen für Eisen und Stahl, eine Gießerei und eine Schmiede. Wir benötigen für einen neuen Traktortyp gegossene T-Träger mit Löchern zum Verschrauben mit Winkeln und Verbindungsplatten. Das bedeutet anfangs Sandguss mit Gusskernen. Hinzu kommen Radachsen, Lager und Räder sowie Antriebswellen, versehen mit Kardangelenken.«

Er legte eine kurze Pause ein.

»Das zweite Mechanikgebäude wird für die Entwicklung eines völlig neuen Getriebes benötigt, versehen mit Synchronringen. In Zukunft brauchen wir dann nur noch eine Kupplung. Damit kann im Fahren geschaltet werden. Absolut neu ist ein Differential- oder Planetengetriebe. Beide Getriebe machen wir zu Testzwecken aus reinem, verhältnismäßig weichem Kupfer. Dann kann ich euch den Sinn und Zweck erklären und vorführen! Bitte sucht euch selbst aus, zu welcher Gruppe ihr gehören möchtet.«

Das Übliche.

Sie verstanden gar nichts. ynchronringe? Planetengetriebe?

Nun, in den nächsten Tagen, würden sie es begreifen. Auch dass sie mit den Kupferausführungen kaum Kräfte übertragen konnten, nur die Funktionsweise nachgewiesen wurden.

Sie hatten sofort erkannt, was ihnen bisher nicht aufgefallen war: In Kurven legten die äußeren Antriebsräder einen größeren Weg zurück als die inneren. Bisher verband eine starre Achse die Hinterräder. Das in die Achse eingefügte Planetengetriebe glichen dies aus. Als Nächstes hielten sie ein Rad fest und das andere stand auf Schmierseife. Dieses drehte voll durch. Dieser Fall kam durchaus beim Pflügen auf einem nassen Ackerboden oder auf einer vom Regen aufgeweichten Straße vor. Eine temporär eingeschaltete Differentialsperre sorgte dafür, dass beide Räder wieder griffen.

Jetzt begann die eigentliche Schinderei: Sechs Kegelräder aus noch zu testenden Stahllegierungen herzustellen. Einen Monat später besaßen sie endlich ein erstes Differentialgetriebe. Eingebaut in ihren bisherigen Testtraktor funktionierte es bestens.

Auch das neue Schaltgetriebe funktionierte wie vorgesehen. Die Zahnräder kräftig verbreitert, die Synchronringe recht stabil ausfallend und auch das zweite Getriebe aus Siliziumbronze lief ausgezeichnet. Das erste Getriebe war allerdings nach ein paar Stunden zerstört. Ein selten dämlicher Testfahrer hatte mehrmals vergessen, beim Schalten zu kuppeln. Schwamm drüber.

Hier half nur eines: Training für Dorfdeppen, äh, Traktorfahrer: Auskuppeln, schalten, einkuppeln. Auskuppeln, schalten, einkuppeln. Auskuppeln ...

Irgendwann hatten sie es begriffen.

Darüber hinaus sorgte eine weitere Vorrichtung dafür, dass der Schalthebel bei nicht gedrückter Kupplung blockiert wurde. Für alle späteren Kunden, die auch einmal ›probieren‹ wollten.

Als unerwartet schwierig erwiesen sich die Radaufhängungen, wobei sich die Federungen als Hauptproblem zeigten. Die Lösung hieß Blattfedern aus Federstahl. Leichter gesagt als getan. Chrom, Vanadium und Molybdän gab es zu dieser Zeit noch nicht. Also nur eine Federstahllegierung ›light‹.

Bestehend aus Eisen, Silizium und Mangan. Immerhin besser als nichts!

Da die Entwicklung des Chassis so unerwartet viel Zeit kostete, nahm er sich inzwischen noch einmal den Motor vor. Vier Zylinder in Reihe statt zweien. Nacheinander gezündet. Die Laufruhe nahm enorm zu, die Leistung auch. Lediglich der Preis stieg an.

Erste Praxistests: Aus Schaltgetriebe und Differential lief viel zu viel Öl aus! Die Gehäuse mussten zur Aufnahme mehrerer Dichtungsringe neu gefertigt werden. Zum Verzweifeln. Die Präzision der Teile ließ rundum zu wünschen übrig! Wäre er nur bei den mit Dampf betriebenen Traktoren geblieben! Egal, vorbei war vorbei. Wieder vergingen zwei Wochen. Andererseits, er besaß nahezu unendlich viel Zeit. Und die Getriebehersteller würden die Maßhaltigkeit nach und nach von selbst verbessern. Hoffte er.

Endlich war es so weit. Man würde den Händlern Traktoren in zwei verschiedenen Motorversionen anbieten. Jeweils ein Mustertraktor mit einem Zweizylinder und einer mit einem Vierzylinder, mit dem neuen Getriebe, nur noch mit einer Kupplung und einem Sperrdifferenzial standen zur Verfügung. Dazu kamen die nochmals deutlich vergrößerten Hinterräder.

Luxustraktoren sozusagen. Was auch ein Dach über dem Führerstand mit einschloss.

Die Händler zeigten sich begeistert. Sie waren, auf seine Einladung hin, mit den Fachleuten aus den Gilden angereist. Die staunten vor allem über das Differenzialgetriebe. Nur die Gildemeister sahen nachdenklich drein. Die technischen Anforderungen waren sehr hoch!

Bei einem kulinarisch hervorragenden Essen legten sie das weitere Vorgehen fest. Beide Traktoren gingen kostenlos an die Händler, welche auch das Fertigungsmonopol erhielten. Im Gegenzug mussten sie vier Schaltgetriebe und vier Differenziale für weitere Entwicklungen liefern.

Wobei erst einmal niemand erfuhr, was Antpui vorhatte.

War im jetzigen Stadium auch unwichtig. Sie hatten mit der Traktorfertigung auf lange Zeit genug zu tun, für weitere Neuerungen fehlte ihnen an allen Ecken die Facharbeiter.

Am nächsten Tag zogen alle Städter hochzufrieden wieder ab. Für ihn und Kilané war zunächst Urlaub angesagt.

Bei seinen Freunden, den Fischern. Wobei er vor der Abreise den bisherigen Motorentwicklern freundlich lächelnd noch schnell eine Skizze übergab. Das würde sie während seiner Abwesenheit genug beschäftigen!

*

Die Fischer begrüßten sie mit großer Freude, Koulao als allererster. Umgehend lud man sie zum Essen ein.

»Antpui, wir haben eure frühere Unterkunft stets sauber gehalten, sie steht Euch selbstverständlich wieder voll zur Verfügung!«

Das war ihm recht und er bedankte sich. Koulao lächelte.

»Allerdings sitzen schon wieder einige davor.«

Er schmunzelte, auch damit hatte er gerechnet. Mehrere Patienten warteten vor der Hütte, ihn lauthals begrüßend. Es erfolgte die gleiche Prozedur wie damals: schön nacheinander eintreten!

Er nahm sich Zeit, untersuchte sie gründlich, sprach mit allen ein paar Minuten und danach zogen sie zufrieden wieder ab. Nur Kleinigkeiten, keine ernsthaften Fälle.

Am nächsten Morgen, nach einem ausgiebigen Frühstück, schlenderte er zur Bootsanlegestelle, bestehend aus zwei gut zehn Meter langen, hölzernen Stegen. Etwas weiter, auf den Sandstrand hochgezogen, erblickte er ein Boot mit zwei Auslegern. Dabei kam ihm ein Gedanke.

An einer der Fischerhütten hatte er im Vorbeilaufen, neben den Netzen, einige reusenartige Gebilde gesehen.

Den dortigen Fischer ansprechend:

»Wozu sind diese Körbe?«

»Damit kann man aus einem Schwarm großer Fische einzelne herausholen, die zu groß für Netze sind und diese beschädigen! Wenn Sie möchten, können Sie diese gerne haben.«

»Wem gehört das Auslegerboot auf dem Strand?«

»Koulao. Jeder kann es benutzen, es ist sehr unhandlich!« Er überlegte.

»Ich nehme zwei der Körbe und ändere sie ein wenig ab. Kann jemand mich und Kilané heute Nachmittag hinausfahren?«

»Aber ja, ich mache es selbst gerne. Zu essen und trinken bringe ich mit!«

Fein! Eilig nahm er drei der Körbe an sich. Nach rund einer Stunde hatte er sie entsprechend seinem Bedarf geändert. Die Viecher konnten leicht ins Innere gelangen, doch der Rückweg war versperrt. Anschließend kam jeweils ein schwerer Stein ins Innere, sodass die Körbe nicht schwimmen konnten. Danach lief er zu der zentralen Küche. Die hatte sicherlich genügend vergammeltes Fleisch.

Noch mehrere lange Leinen und dazu drei Fässchen.

Zufrieden kam er nach dem Essen mit den Körben und dem Zubehör zum Steg. Die stinkenden Körbe nach Lee gestellt und los ging es.

Die Monitorkugel hatte mit einer kleinen Unterwasserkamera das in Frage kommende Gebiet abgesucht. Jede Menge Volltreffer. Und nicht allzuweit entfernt! Zwei Stunden später waren sie angelangt. Sorgfältig das Seil an einer Reuse festgemacht und diese langsam zu Wasser gelassen. Nach Rund dreißig Metern stieß diese auf den Grund. Nochmals fünf Meter zugegeben und dann das Seilabgeschnitten. Die geschlossenen Fässchenwaren rundum eingekerbt, wodurch das Seilende leicht und sicher zu befestigen war. Anschließend warf er alles über Bord.

In einer Entfernung von rund vierhundert Metern das Ganze wiederholt und auch diese Reuse lag auf dem Meeresgrund.

Zufrieden wandte er sich an den Fischer ihm, ein wenig Gold in die Hand drückend:

»Ab nach Hause! Wir kommen übermorgen wieder!«

*

Früher Morgen, es war noch sehr dunkel ...

Das große Auslegerboot von Koulao ausgeliehen, vier große, oben offene Fässer an Bord, gleichmäßig verteilt festgebunden, der Fischer von vorgestern und einer seiner Freunde. Natürlich bestand Kilané nachdrücklich darauf, mit zu kommen. So langsam ging sie ihm mehr und mehr auf die Nerven,

Das Boot war wirklich unhandlich und träge, sie benötigten trotz günstiger Windverhältnisse rund eine Stunde länger LS gedacht, um ins Zielgebiet zu kommen. Unwichtig, Zeit hatten sie genug. Das Wichtigste war doch, dass es im Gegensatz zum Fischerboot von vorgestern genug Platz für die Fässer bot und sehr sicher im Wasser lag. Dank der Ausleger konnte man große Lasten seitlich an Bord holen, ohne ein Kentern zu riskieren.

Die Fässchen waren schnell gefunden. Das Hochziehen ging leicht, aber nur bis zu dem Moment, als die Reuse aus der Wasseroberfläche auftauchte. Danach mussten die drei Männer alle ihre Kraft aufwenden, um sie über Bord zu hieven.

Randvoll mit Hummerkrabben, auch Königs- oder Monsterkrabben genannt, und, wenn er es richtig sah, waren auch ein paar prächtige Hummer darunter.

Jetzt kam die Arbeit. Die Krabben wurden auf je zwei der Fässerverteilt, die mit gefangenen Hummer kamen in Fass Nummer fünf. Aber erst, als ihnen mit Bast die Scheren zusammengebunden waren.

Anschließend wurden die Fässer mit Wasser soweit aufgefüllt, dass die Tiere voll bedeckt waren.

Das gleiche Vorgehen erneut, wobei die Krabben in Fass drei und vier kamen, die Hummer wiederum in Fass fünf. Die leeren Reusen bekamen neue Köder und wurden wieder ausgesetzt.

Danach war eine Essenspause angesagt, ehe sie auf Kurs zurück zum Fischerdorf gingen.

Mit den voll beladenen, mit Wasser und dem Fang gefüllten Bottichen, ging es noch langsamer.

Der Fischer hielt auf einen flachen Sandstrand zu. Im nächsten Moment sah er verblüfft drein. Das jetzt schwere Boot lief schneller als gedacht auf.

Ein paar der müßig herumsitzenden Männer kamen hilfsbereit angelaufen.

Und konnten kein einziges Fass aus dem Boot nehmen! Viel zuschwer!

Also mussten die Tiere auf kleinere Behälter umgefüllt werden. Zuerst jedoch lud er das ganze Dorf in ›die große Hütte‹ in der Dorfmitte zum Hummer- und Krabbenessen ein.

Was begeistert angenommen wurde. Fein, sehr fein!

*

Auch wenn gestern alle Krustentiere verspeist wurden, morgen würden Neue gefangen.

Und zwei Tage später weitere. Sie würden ihnen schnell zum Hals heraushängen.

Er sah nur eine Lösung: die Tiere einigermaßen artgerecht aufzubewahren und den Händlern in großer Menge zusammengefasst anzubieten.

Zweimal vier angespitzte, dicke Hölzer, über einen Meter und fünfzig lang, in Ufernähe in das flache Wasser gerammt bildeten die Ecken eines Rechtecks, welches eine Mannlänge breit unddreimal so lang war.

Rundum mit alten Netzen eingezäunt, welche gut einen halben Meter tief im Sand versenkt eingegraben waren und in kurzem Abstand mit Pflöcken zusätzlich befestigt wurden.

Die Hummerkrabben kamen in die eine Umzäunung, die Hummer mit zusammengebundenen Scheren in die andere. Nach wenigen Tagen sammelte sich eine beacht-

liche Menge an. Da sie regelmäßig mit kleinen Aasstück-
chen gefüttert wurden, gediehen sie prächtig.

Außerdem setzten sie zwei weitere Reusen aus, deren
Bojen farblich anders markiert wurden. Täglich abwech-
selnd die Körbe geleert und sie mussten eine weitere
Umzäunung anlegen.

Doch jetzt entspannte sich die Lage. In weiser Voraus-
sicht hatte er einen Boten zu den Händlern geschickt, sie
möchten doch bitte mit mehreren Männern, einem
Wagen, mit mindestens vier großen Fässern sowie je zwei
Zugtieren kommen.

Soeben waren diese eingetroffen.

Staunend standen diese vor den eingezäunten Königs-
krabben. Und waren begeistert! Selbstverständlich lud
man sie zu einem Hummer- und Krabbenessen ein.
Gekocht, gebraten, geräuchert oder, gegrillt, ganz nach
Wunsch!

Den Nachmittag verbrachten sie damit, die Fässer auf
den Wagen zu füllen. Am nächsten Morgen wollten sie
abreisen, aber vorher mussten noch zwei zusätzliche
Quoffs eingespannt werden.

Der beladene Wagen erwies sich als weitaus schwerer
als erwartet.

Jetzt war er gespannt auf das Verhalten der Städter.
Vorübergehend ließ er die Reusen an Land bringen. Sie
hatten noch genügend Tiere für einen weiteren Transport,
zumal er auf kleineren Bottichen bestand.

Nun aber hieß es erst einmal zum Angeln zu gehen. Er
hatte da von Riesenfischen gehört, welche versehentlich
in den Netzen gefangen, diese zerstörten, wobei der
ganze sonstige Fang mit entwischte.

Der Fischer - wie hieß der eigentlich? - welcher mit
ihm die ersten Reusen ausbrachte, fuhr ihn gern.

Morgen, in aller Frühe, sollte es losgehen.Und natürlich wollte Kilané auch mit!

Zum Haare ausraufen! Die wollte er eigentlich zuletzt dabei haben. Nun, in wenigen Wochen würde alles vorbei sein.

*

Als der Morgen dämmerte, stand er bereit. Das Auslegerboot dümpelte bereits im Wasser vor sich hin. So wie er den Fischer kannte, hatte dieser Essen und Getränke längst an Bord gebracht.

Unter dem Arm trug er einen verhüllten länglichen Gegenstand, Kilané trottete verschlafen hinter ihm her. Das frühe Aufstehen behagte ihr gar nicht, aber sie hatte ihn unbedingt begleiten wollen, obwohl er sie am Liebsten zurückgelassen hätte. Somit brauchte sie sich auch nicht zu beklagen.

Stunde um Stunde fuhren sie immer weiter hinaus.

Breitkrempige Hüte schützten vor der Sonne.

Kilané war längst eingeschlafen, unterdessen er vor sich hin döste.

»Da vorne!« Ein halblauter Ausruf des Fischers und er war augenblicklich hellwach.

Schau an! Schöne Fische! Gut drei bis vier Meter lang.

Alks er sein Tuch auswickelte, kam ein einen Meter langer, fünf Zentimeter durchmessender Bronzestab zum Vorschein. Auf einer Seite war ein fünfzig Zentimeter messender, zwei Zentimeter dicker Stahlstab eingelassen. Versehen mit einer doppelseitigen Spitze und kräftigen Widerhaken. Am Übergang Eisenstab zu Bronze war eine Öse angebracht.

Ein Ende des Seiles an der Öse angebracht, das andere um den Mast geschlungen. Mit einem festen Knoten versehen.

Eine Harpune!

Eines der Tiere schwamm nahe am Boot vorbei. Weit ausgeholt und mit aller Kraft geworfen. Ein Riesensatz, und der Fisch raste los. Über einem Lederhandschuh ließ er das Seil ablaufen, was den Fang abbremste. Immer wenn dar Fisch kurz nachließ, zog er das Seil wieder ein. Wobei der Fisch seine ganze Kraft verbrauchte, um das Boot, natürlich ungewollt, zu ziehen.

Kilané, inzwischen aufgewacht, sah erstaunt zu. Nach gut einer Stunde schwamm ihre Beute erschöpft neben ihnen her. Mit vereinten Kräften zogen sie ihn an Bord. Ein Schlag mit einem Holzknüppel auf den Kopf und ein Stich mit einem Fischmesser und ihr Fang lag still. Vorsichtig schnitt er die Harpune aus dem Fischkörper.

Der Nächste, bitte!

Nachdem sie noch drei weitere Exemplare erlegt hatten, hieß er den Fischer zurückzufahren.

Für heute hatte er genug vom Fischfang. Außerdem wurde der Platz an Bord knapp.

*

Klar war, dass plötzlich Harpunen gebraucht wurden.

Koulao war groß, kräftig und zudem der Dorfvorsteher. Er schenkte ihm daher seine.

Was bedeutete, dass der mit dem bisherigen Fischer gleich morgen, zusammen mit zwei kräftigen Männern, zum Fischfang hinaus aufs Meer fahren würde.

Gut so, wieder eine Arbeit weniger und einen Ruhetag
für in! Am darauf folgenden Tag nahm er sich ein kleines Boot, eine Angel und legte ab. Allein!

Kilané erhob lautstark Einspruch. Ihr erster Streit.
Scharf wies er sie zurecht. Eigentlich hätte er das schon
längst tun sollen.

»Hör auf mit deiner ewigen Bevormundung und
Drängelei! Damit eines klar ist: Was ich will, mache ich,
ohne jemanden zu fragen! Du hast Dich von Anfang an
mir aufgedrängt, aber jetzt ist Schluss damit! Du kannst
nur fordern, hast aber von nichts eine Ahnung. Ver-
schwinde!«

Sein Schiffchen glitt aus dem Hafen, eine total verstörte
Frau zurücklassend.

*

Sorgenvoll beobachteten Koulao und eine Handvoll
Fischer das Meer.

Wo vor zwei Stunden das Wasser noch gänzlich ruhig
schien, erhob sich am Horizont eine schnell anwachsende, dunkle Wand. Dort braute sich ein heftiges
Unwetter zusammen!

Und Antpui segelte genau darauf zu.

Der Sturm war heftig. Zum Glück drehte er alsbald ab,
nur ein schwacher Ausläufer streifte das Dorf, ohne größere Schäden anzurichten.

Koulao sah mit versteinerter Miene hinaus aufs Meer:
Antpui würde nie mehr wiederkommen!

Als dies Kilané ebenfalls klar wurde, begann sie hyste-
risch zu schreien. Nur mit viel Mühe konnte sie beruhigt
werden. Sie würde, so jung wie sie war, bald darüber
hinwegkommen ...

*

Eine stabile Höhle aus Granitgestein, kein brüchiger Kalkstein wie bisher, umgab seine Raumzeitkapsel.

Sektoradmiral James Bolton, lag entspannt, in einem die Zeit ausschließenden Stasisfeld.

In genau einhundert Jahren würde er wieder erwachen, dabei nicht eine Sekunde älter sein.

Er war gespannt darauf, wie sich seine Welt in dieser Zeit weiterentwickelte.

Und dann, in weiteren einhundert Jahren ...

Und danach, in weiteren einhundert Jahren ...

Eines Tages würde es soweit sein…

Zurück zu den Sternen!

Zu seinem Imperium!

Er, ›Kaiser James Bolton der I.‹

***

**Der Traum des Admirals ist der
dritte Band der
Zeitsprung-Trilogie**

In den beiden folgenden Bänden erfährt man das Schicksal der vom Admiral entführten und unfreiwillig in die Vergangenheit geschickten Hütern.

Die letzten der
fahrenden Ritter
- Sir Cederik -

Klaus F. Kandel

Terras Zukunft:
Die Formel
Fyc=M1+XY/3